柳家花緑
都道府県落語
自薦集

藤井青銅 著

竹書房

まえがき

『47都道府県落語（d47落語会）』は、今や私のライフワークとなっております。きっかけは、D&DEPARTMENT PROJECTさんの作る『d design travel』というトラベル誌。dのスタッフが2ヶ月間、現地へ住み込み。地元の人の意見も参考にしながら、デザイン性が有り、その県らしさの有る、良い感じのところを訪ねて取材して本にするというモノ。その発刊記念イベントに落語会を行っているのです。

現在（2024年）は、福井県落語の会を行い29県目の噺《はなし》が出来上がったところです。

スタートは2012年9月の『東京号』から始まりました。『d design travel』は、既に何冊か出来上がっておりましたから、途中から落語会は参加する形になりました。代表のナガオカケンメイさんの作るこの会社は、東京の奥沢にショップが有り、以前から妻がファンで私も一緒に訪れ、47都道府県の良いモノばかりを集めたショップで買い物し、カフェで美味しい食事とデザートを食べた思い出があります。その後、ケンメイさんと繋がって、「ウチで落語会を演《や》ってほしい」と言われたのが、その奥沢のショップ内でというお話でした。『分かりやすい○○シリーズ』という企画を行っていたdさんで、分かりやすい落語会を演りました。

その時に、「次回は〝ロングライフ〟というテーマで新作落語を作ってほしい」というご依頼を受けました。これはdさんの会社の理念で、ロングライフデザインという長く愛され続けている日本の家具、生活雑貨、食品などなど、様々な品物を取り揃えて販売や紹介をするというもので。良い作品を作るには、私では難しい。ですから作家・藤井青銅さんにお願いしてみたんですね。

青銅さんとはNHK・Eテレ『にほんごであそぼ』以来の知り合いですから、その奥沢の落語会に来ていただき、打ち上げでケンメイさんと話す内に、

「この会社は47都道府県の良いモノを売っているんですよね。ですから落語も47都道府県の噺を作って演ったらどうですかね？」

「ああ！　それは良い！　やりましょう！」

と、ケンメイさんと青銅さん。なんならその当時の社長（現在はd47食堂ディレクター）相馬夕輝さんも「それは良い！」と、完全にその場にいる私がいないかのように、私の意見も聞かず（笑）、この企画が即、決定したのです。ですから脚本を担当している青銅さんには、私から事前にケンメイさんの著書をお渡しし、人となりをご理解してますから、会う前に47都道府県落語のイメージは既にあったのかも知れません。

そして『ｄ ｄｅｓｉｇｎ ｔｒａｖｅｌ』の発刊に合わせて渋谷・ヒカリエのショップの隣のフリースペースにて1回、現地で1回、計2回その県の落語を話す会が始まりました。前半は着物で古典落語を。後半は洋服で椅子に座りご当地の落語を。その後、ケンメイさん青銅さんとフリートーク。現在はｔｒａｖｅｌ誌の編集長、神藤秀人さんも交じって、その県の魅力を語り合っております。

今回は、竹書房の加藤威史さんと十郎ザエモンさんに、この企画を活字化して頂きました。有り難う御座います。以前にも『柳家花緑　特選まくら集』『柳家花緑の同時代ラクゴ集 ちょいと社会派』でお世話になり、今回の企画は、47都道府県落語を自薦集という形でまとめました。いずれ全ての県の落語を活字化出来たら良いなぁと思っております。そしてこの本をお読み下さる貴方には、まだまだ続く47都道府県落語を是非、生で聞きに来て頂きたい。それまではどうぞ、この本からお付き合い下さいますよう、宜しくお願い致します。

柳家花緑

目次

花緑

京都『電脳京都《サイバーきょうと》地下企《ちかのくわだて》』

【登場人物＆前説】

★おもな登場人物
謎の女……　地下秘密組織「影の京都観光協会」の美人ボス。

たけし……　東京から来た観光客。

ミキ……　その彼女。

ＤＯＳＵＥ(どすえ)１号……　監視アンドロイド・舞妓型。


京都は日本随一の観光都市だ。

それは、あの「鳴くよ（７９４）ウグイス平安京」からの歴史と伝統によって支えられている。江戸時代から、京の名物は「水、水菜、女、染め物、みすや針、寺と豆腐に、黒木、松茸」と多いのだ。

私も京都に行った際は、お土産を買う時に目移りして迷う。古くからの名物は当然だが、最近流行のスイーツでさえ「京〇〇」とネーミング（たいてい、ひらがな表記）されていると、古くからの伝統あるお菓子のような気がしてくるから不思議だ。これぞ「京都マジック」！

いや、それを責めているわけではない。日本人はみんな、京都に関しては「伝統があってほしい」と思っているし、京都の人も「伝統感を強調すべし」とわかっている。あれは、両者合意の上での共同幻想なのだ。

しかも、お店や企業や個々の住人ではなく、京都の街全体がその戦略・戦術を理解して動いているのが凄い。ひょっとして、どこかに司令塔があるのではないか?……という落語だ。

２０１５年７月２日　京都市・元立誠小学校の講堂

この落語を書いた時点ではインバウンドやオーバーツーリズムという言葉は一般的ではなかった。だが、現代は日本中でそうなっている。京都人の気持ちもわかる、というものだ。

なお、落語の中に出てくる金価格は現在２・６倍になっている。この落語を披露した会場は、いま複合施設「立誠ガーデンヒューリック京都」になっている。

＊

京都を舞台にした古典落語は多い。当然上方落語に多い。『愛宕山』『はてなの茶碗』『景清』（東京落語では場所が江戸に移植されている）……など。

江戸落語の『祇園祭』は、江戸っ子が京都人の気位の高さと喧嘩をする噺。上方落語の『京の茶漬け』は、有名な「ぶぶ漬けでも……」という京都特有の表現をネタにしたもの。江戸時代後期にはある落語なので、すでにその頃から京都人気質は有名であったことがわかる。

ちなみに、落語に出てくる監視アンドロイドの正式名称も、実はちゃんと設定している。使いどころがなかったが。

【ＤＯＳＵＥ（どすえ）１号…デジタル・おこしやす・サービス・アーバン・イクイップメントの略】

【ＯＳＳＡＮ（おっさん）１号…お寺・さい銭・スーパー・アンドロイド・なまんだぶの略】

（♪　ジャズピアノの出囃子で、洋装姿の花緑が登場し、椅子に座ってお辞儀する）

　はい、はじめて見る方は驚くかも知れません。着物を忘れた訳じゃありません（笑）、狙いで……。こんな恰好で演る落語ですね。わたし、個人としては、もう演り慣れましたけども、この洋服で、椅子に座って演るっていうですね、……まぁ、同時代落語なんていう名前を付けて、勝手に演ってるんですけれども……。まぁ、古典落語もね、最初は同時代ですね、先ほどご覧いただいた、着物に座布団っていうのは、本来、昔はお客さんも着物に座布団に座っていたということですね。

　それで、同じ一緒に住んでる長屋の話を、……全部に共通点があったということですね。それを現代で落語が出来たら、きっとこういう形じゃないかって、そういう発想ですね。現在の服装に、現代の座るという姿勢が、……正座ではなくて椅子ですから、それで現代物を語ろうという……。

　まぁ、新作を演ってる人はね、同輩でも後輩でもたくさんいますけれども、やっぱり現代物を語りながら、着物に座布団で演ってるんですね。そこを、「やっぱり、こういうスタイルで良いんじゃないか」っていうことで、演らせていただいてるのが、ここ2年ぐらいのことですね。この2年ぐらいこんなスタイルで演らせていただいておりまして、落語好きな人であればあるほど、気持ちが悪いみたいです、これね（爆笑）。

　でも、慣れです（笑）。人間慣れるんですね（笑）。だから逆に言うと、現代物を着物で演るということに、皆、慣れていったんですよ。サラリーマンの噺を演ってんのに、着物の袖をピラピラさせちゃってねぇ（笑）、帯なんかしめちゃって、座布団座って、「……変だなぁ」と思うけど、慣れてるから、皆、それで良いと思ってるんです。

はい、思い込みというのは面白いもんで、そのうちこれが段々慣れてくると、「やっぱり現代モノは洋服を着たほうが良いんじゃない」と、皆さんがしたり顔で言える日がもうすぐ近づいております（笑）。どうかそれまでお付き合いをいただきましてですね、みんな慣れていただくというふうに思うんですね。

まぁ、あの、全国いろいろ観光地がありますが、やっぱりね、一番は本当に京都だと思います（……笑）。ここをどう受け止めるんですか？「ああ、おべんちゃらだ」と思いますか、皆さん（笑）。「本当に思ってんのか。お前？」って思いますか？　本当に思ってるんですよ。京都がナンバー1でしょう。日本が誇る、世界も来る。ボクは東京に住んでますけれども、京都の良さは……、わたしはね、修学旅行で来ましたけれども、よく分からなかった、正直言って。今、よく分かります。あの家の佇まいとか、こういう建物の良さも含め、京都にある空気感っていうのは、全国には他に無いんですよ。

だからそれはね、本当に、今ぐらいの年齢《とし》に来ると、ボクは凄く嬉しい。お寺とか神社も含めて、やっぱり行ってみたくなるところが多いですよね。大人にならないと分からない街なのかも知れない。

だから、このキャッチコピーは、もう全国的に人々の心を未だに、

「そうだ京都、行こう」

これですよ（笑）。そうでしょう？　これほど浸透したフレーズはないですよ。「そうだ、京都行こう」。何が、「そうだ」なのかは、未だに分からない（笑）。そこは誰も追及しないんです。いいでしょ

う、別に追及しなくてもね。だから、これ浸透し過ぎてますから、飲み屋に行くでしょう。「あの、ウイスキーとソーダください。……あ、そうだ（ソーダ）」って、そこで、「そうだ、京都行こう」って(笑)。分かります？　ソーダ水のソーダって聞いただけで、「京都行こう」って出て来るぐらい、浸透してるんです。

だからこれね、長いことやってましたよねＪＲの宣伝でね。最近の広告でもちゃんとありますよね。確かに、この言葉凄く良いんですよ。短く、「そうだ、京都に行かなきゃ」って気持ちにさせますから。でも、「他でもイイんじゃないか？」って言った人がいる。東京目線かも知れないけれども、「そうだ、鎌倉行こう」とか言うと、これも何かね、合うんですよ。だから、「そうだ、九州行こう」、これもイイですよね。こういうこと言ってると、中にはね、「何でもイイんじゃないか？」って人が出て来た訳。どうでしょう、皆さん目線で言うと、「そうだ、亀岡市に行こう」は、どうですか？　これ(笑)。もう、直に、「ここ」って決めてる訳、「亀岡市」って……、ね？　京都市じゃない、こっち。そういうのもあるでしょう。だからいろいろあります、これは言い方に。「具体的なのは、どうか？」って言った人がいて、「そうだ。渋谷区猿楽町８の９に行こう」

って、「郵便屋なのか？　お前は」って言われてる訳ですよ。でも、これはどうですか？　皆さん。初めのうちはね、どうも、京都の方、皆さんご存じなかったたって話を聞きましたよ。つまり、考えてみればそうなんですよ。京都以外の場所にＣＭ流して、京都に来てもらうってことですから。

京都は、いろんなところへ伺ってます。米朝師匠のお弟子さんで米二《よねじ》師匠、米二師匠の会にもゲストで、……京都の駅前のどっかのホールでしたよ。そのときも凄いお客様が、ワーッと湧いていただいて、嬉しかった思い出があります。

ですから、京都に来ると、そのあとね、イイですよ、ちょっと良い店に連れてってもらえるんですよ。でも、連れてってもらうと大概店って覚えないのね（笑）。忘れちゃうんで、自力で行けないんですよ。行こうと思うとね、行けない店が多いのも、京都なんですよ。

「一見さん、お断り」っていうのが、多分、全国で一番多いんじゃないですか？　っていう事実をご存じですか？　皆さん（笑）。という街です。そこに何か高級感と、敷居の高さみたいなものも含め、リスペクトが入る訳ですよ。安くない感じ……、敷居が（高いハードルをまたぐ所作）、ていう感じがする訳（笑）。はい、この噺はですね、若い男女が、東京からこの京都観光に来た。「そうだ、京都に行こう」というノリでやって来たという。そういう話でして……、

「うわあ、凄い～。さすが世界遺産よねえ！　金色に輝いてるぅ～」

「……うん、金閣寺だからね」（笑）

「へぇ～、えっ！　あれって、純金？」

「もちろん」

「え、どれくらい金が使われてるの？」

「ちょっと待って、ガイドブックを読んでみる……（手元の本めくって）、金箔20万枚で、20キロ使って

る」

「そんなに！　凄……、だって、いまさぁ、１グラムって、確かね、テレビで観たわよ。えーとねぇ、１グラムが５千円くらいなのよ……（計算してる）、……１億円、あれ！　億ションね。凄ーい！」（笑）

億ションではないと思いますが、ま、人の感性といいますか、評価はそれぞれですから……。

「いやぁ〜、京都ってステキよねぇ。あたし、本当に好きなんだぁ。とても犯罪都市とは思えない」（笑）

「ええ？　犯罪都市？　京都が？」

「うん、だってそうじゃない」

「そうだっけ？」

「そうよ」

「嘘……」

「本当、そうよ。だってさぁ、週に１回は殺人事件が起きてるじゃない」（爆笑）

「そんな物騒な街だっけ？　京都って？」

「そうじゃない。それを、沢口靖子とか渡瀬恒彦が解決するじゃない（笑）。あと、名取裕子、船越英一郎……、片平なぎさ、大村崑……、あと忘れちゃいけない山村紅葉」（爆笑）

「それ全部ドラマだから……」

「そうよ。ドラマよ。だから、事実がドラマになっている訳でしょう？」

「いや、いや、そんな事実はないと思うよ」

「ええっ！　ないってどういうこと？　これは全部嘘だってこと？」
「いやいや、嘘っていうかさぁ、ドラマでしょ？　だから、2時間のあとに出るじゃない、『これはフィクションです』って。分かっているよね？　フィクションって意味、ハクションじゃないんだよ（笑）。フィクション、あれは嘘だってことだからね」（笑）
「ええっ！　本当に嘘なの？　あたし、本当だと思って信じていたのよ。だから、一所懸命、2時間観ていた訳（笑）。ええ～、返して、2時間」（笑）
「返せないから、観ちゃったから」（笑）
「ええ！　あたし、友達とかにも言っちゃった、あれ。『あれ、本当なんだよぅ』って、嘘ぉ～、本当……」
「だって、考えてみてよ。本当に週に1度殺人事件が起きていたら、観光客が誰も来ないから、ハッキリ言って。そんなに物騒じゃないよ」
「ああ、そうなんだ。ええ、何かガッカリ、いきなり。テンション、ダダ下がりっていうか（笑）、ほぼほぼ下がってってるっていうか……」
「それ、使い方間違っていると思うよ、それ（笑）、ほぼほぼの使い方……」（爆笑）
「ええ～！　本当なんかガッカリ、分かった、分かった、分かりました。そうですか、はーい（笑）。……じゃぁ、今度は清水寺に行きたい」
「ちょっと待って、清水寺ね（ガイドブック見て）、場所確認。……ああ、見つけちゃった、急に。（地図を指さして）今、ここでしょ？　で、これでしょ？　遠い、これ！　なんか、京都の端から端って感じだよ、これ。歩いてはすぐに行けない距離にある……」

「ええっ？　嘘ぉ、歩いてすぐに行くわよ、山村紅葉は」（爆笑）

「何度も言うけど、ドラマだから！　普通はねぇ、すぐに行けないところにあるんだよ」

「えーっ、そうなの。じゃぁ、あれ嘘だったのォ？」

「っていうか、あれも嘘だから（爆笑）。……えっと、嘘じゃない。……何て言ったらいいかなぁ……、ドラマは、割愛するの、そういうところは。だって、移動とか、全部（カメラを）回していたら、どうなの、これ？　2時間じゃ収まらない訳でしょ、これ？」

「あ、そうかあ……、そうよねぇ。……そっか、アレだ。京都は本音と建前が違うっていう……、それね」（笑）

「いや、それも違うと思う（笑）。違ってるよ、それ。分かってないんだから、……じゃぁ、次、清水寺に行く……」

「そう、清水寺に行きます！　ああ、嬉しい。今日もう凄いテンション上がってる。あたしだってねぇ、京都ォォ～、大好きなんだ」

「……そう、今まで聞いたことがなかっ……」

「本当に好きなんだもん。もう、凄い好き。『♪　アーユーベイベェ、京都（笑）、アイニージュー、京都ォォ、京都が好き～』」（笑）

「それ、福島だから（笑）、知らないから半分ぐらいの人が（爆笑）。ね？」

「そのくらい、好きだっていうことなのよ。もう、分かって欲しい訳、このパッションを、ねぇ。だってさぁ、京都ってさぁ、何か、あたしから見ると、どこ見ても絵になるじゃない。それが凄いと思う。だって、どこを切り取っても絵になる街って……、あんまりないと思うんだ、あたし。っていうか、あんまり全国に行ったことがないから知らないけど（笑）。でも、絶対にそうだと思っている。だってさぁ、人も街も、そう！　これが言いたかったの。はんなりしてるじゃない」

「ああ、いい言葉知ってるな。そうだよね、何か、こう、みやびだよね」

「そう、そう。何か、ほっこりとして」

「（頷く）うん、うん」

「まったりして」

「（頷く）そう、そう」

「……ぐったりで」（笑）

「疲れちゃったのかなぁ？」（爆笑）

「で、こう、何か、パックリと……」

「え、怪我しちゃったの？　それ？」（爆笑）

「……ぽっくり……」

「あっ、死んじゃった？　死んじゃった？」（爆笑）

「ううん、違うの。ほら……あの、舞妓さんが履くのあるじゃない？」

「ああ。ポックリ？」

「そう、そう、そう。あれがねぇ、見えたの……（数メートル先を指差す）」

「（指先を追って）……どこ？　どこにもないじゃん」

「ほらほらほら、あの庭のずっと向こうの、ほら、松の木のとこの下にさぁ……」

「え、え？　松の木って相当向こうだけど、眼が良いねぇ。……ああ、あれ」

見ると、庭の……、金閣寺ね、奥です。なにか、松の木が生えていて、根っこのほうに草がいっぱい茂ってます。その脇に、舞妓さんが履くぽっくり下駄……、「おこぼ」って言うんですか？　こちらでね。

それが片方だけ、コロンと……、

「あれぇ？　何であんなところにあるんだろうね？」

「（手を打って）分かったぁ！　あれぇ、きっとね、松の草の陰で、舞妓さんが殺されて、倒れてるのよ（爆笑）！　で、その謎を科捜研の女があばく！」（笑）

「本当に好きだね、ドラマ」

「ちょっと、見てきてよ」

「え？　……だって、ロープ張ってあるじゃない、これ。ほら、看板もちゃんとある。『立ち入り禁止』って、で、真新しいマジックで『ドローン禁止』って書いてある（笑）。入れない」

「だってさぁ、本当に、中で舞妓さんが怪我とか病気とかして倒れてるのかも知れないじゃない。『いた

「たた……、持病のしゃくが』って」（笑）

「時代劇だよ、それじゃ（笑）。そんな人は今どきいないから……、ね？」

「お願い、見て来て頂戴」

「分かった、分かった。俺も確かにそう言われると心配になる性質《たち》だからさ。（左右をキョロキョロ見て）いい塩梅に、誰もいないから……、おまえ、ちょっと見張っていてよ。（ロープをまたぎ、恐る恐る前進）誰かいます？　舞妓さん？　元気ですか（笑）？　……『元気ですか？』はおかしいなぁ……。大丈夫ですか？（パッと、草の陰を見て）……誰もいないよ。（ぽっくりを拾い上げ、遠くの彼女に）これが落っこってるだけ。（彼女に）誰もいないよ！　これが落ちているだけ！」

「よーく探して！　もう一個は？」

「もう、一個？　……両足ってこと？　両足脱げてるって……、（周囲の草をかき分け、探しながら）……無いんだよ、本当に片っぽしか……」

　この男が、松の木の裏っ側に回った途端にですよ。何か板みたいなものを足で踏み抜いて、途端に、

「わあ〜〜〜〜〜〜！（落ちる）」

　と、落っこちた。ドシンと尻餅をつくような、そんな浅い穴じゃない。権助に提灯を持ってもらって避ければいい、……そういう穴じゃない（爆笑）。これが何時までも落ちていく。

「うわぁ〜〜〜〜〜〜〜〜！」

ウォータースライダーみたいに、「うわぁ～、シュワァー！　シュシュシュ」カーブがあって、「ピュアー！」って、バーンと跳ねて、「うわぁ！　ちょっと、面白い（笑）！」、ダーと風がブワァーって、口が風圧でピュピュピュって横に広がっちゃって（笑）、心臓がワァーッてなって、シュユーッとなって、「うわぁ、カーブきつぅ！」って、坂をズワァァァァァァー！

「ああ、煩《うるさ》かった（笑）。……というか、停まったけど、どこ、ここ？（周囲を見回し）金閣寺じゃないよね？　これ？　どこなんだ？　これ？　随分下に落ちてきたと思うけど、……なんかのこのパネルみたいなものが……、（壁を触り）照明になっている。なんか未来の宇宙船みたいな……、過去の宇宙船って知らないけれど（笑）、何かそういう感じ。ああ、向こうに部屋がある。行ってみよう。（恐る恐る進む）誰か……、何、ここ？　すみません。……いないね。誰もいないし、ええ？　なにこの機械……」

たとえて言うならば、新幹線のコントロールルームみたいな、……空港の管制室、……それをちょっと未来型にしちゃったみたいな感じの部屋が、ボーンと……。そういうところにありがちな透明なパネルが部屋の中央にあり、で、碁盤の目のようなラインが刻まれていて、赤い点と青い点がまるでホタルみたいに光っていて、ゆっくりと動いている。

「（それを見上げ）……なんだ、これ、一体？」

見とれていると、うしろのほうからそっと近づく影が。不意に背中に硬いモノを突きつけられて、

「（手でピストル状の形。真うしろから相手の背中にあて）動かないで」

「はっ！（以降、背中を意識したまま）」

「あなたは、誰？」

「あああ、……た、た、旅の者でござる」（笑）

「何で、サムライなのよ？　何で旅行者が、こんなところにいる？」

「あああ、違うんです、わたし……（振り向こうとする）」

「振り向かないで！」

「ああ、はい！」

「いい、……ちょっとでもおかしなマネしたら、……ズドンよ！」

「あああ！　い、命だけは助けてください！」

「両手を上げて！」

「……は、はい……」

（男、ゆっくり両手を上げる。片手に、自分でも気付かずぽっくりを持っている）

「（上げた手を見ながら）何それ、手に持ってんの？」

「（自分の上げた手を恐る恐る見て）……ぽっくり下駄」

「何で、そんなものを？」

「いやぁぁ、……金閣寺にいたんです。そうしたら、庭の松の木の横にこれが落っこちていて、舞妓さんが病気や怪我をしてるかも知れないと思って見に行ったら、急に穴に落ちて、ワァー、シュワシュワ、ワァー、ドーン、ワァー、シュワワワー、煩《うるさ》いって、で、ここにいるんです」（笑）

「そういうことだったの。……分かったわ。手を下ろして、こっちを見てもいいわよ」

「は、はい」（両手を下ろし、ゆっくり振り向く）

振り向くと、そこにいたのは、トゥームレイダーに出てくるアンジェリーナ・ジョリーみたいな（笑）、バイオハザードに出て来るミラ・ジョヴォヴィッチみたいな（笑）、水戸黄門でいうと由美かおるみたいな（爆笑）、……ちょっと方向性が変わりましたけれども、とにかく強そうな美女がそこに立っていて、

「あっ！　……きれいな女の人……（視線を相手の手元に落とし）……というか、それ、ピストルじゃなかったんですね？」

「当り前じゃない。ここは京都よ。扇よ」

「扇子ですか。だって、『ズドン』って言ったから……」

「何、言ってんの。この扇はね、京の老舗が作ったのよ。武術用の鉄扇よ。わたしは鞍馬の山で修行を積んだ、鬼一法眼《きいちほうげん》の流れを汲む鞍馬流、（手を打って、型を決め）免許皆伝よ！」

「牛若丸ですねぇ、まるでねぇ」

「（2本の扇でヌンチャクなような武術の型を披露）ワチャヤチャヤワチャ、ワチャ」（笑）

「滅茶苦茶でしょう、それ？」（笑）

「何、言ってんのよ。いい？　あんたなんかねぇ、この扇で急所をズドンってやれば、イチコロよ！」

「ええっ、やめてください」

「それで、わたしは京舞井上流の名取でもあるので、そこは優雅に……、イヤァー（同じく仕草しなが

ら、最後はなぜか踊りっぽく、都をどりの掛け声)、〜都をどりは、ヨーイヤサァ〜」(笑)

「必死じゃないですか? 声を出すのに。何だか分からないですね、怖いんだか、優雅なんだか、分かりませんよ、もう(笑)。……あなたは、京都の人ですか?」

「当たり前じゃない」

「じゃあ何で京都弁じゃないんですか?」

「京都弁? ホッホッホッホッホッホ……。あのね、京都弁なんていうのは、この世の中に存在しないのよ」

「いやいやいや、あるじゃないですか? 『おこしやす』とか『どすえ』とか……」

「いい、『〜弁』というのは方言とか地方の言葉のことを言うの。京都は都《みやこ》なのよ。弁じゃない。『京言葉』なら、ありますけどね」

「ああ、このプライドの高さ(笑)。確かに京都っぽいですね」

(自分の胸元を示し)「これが何だか、分かる?」

「えっ? おお、さっきから見てました、ネックレスですね。凄い大きい、……ルビーですか? それ。赤くてねぇ、キレイなのが下がってますね」

「これはね、京言葉自動翻訳機なの」(笑)

「自動翻訳機?」

「そう、今、あなたにはきっと標準語に聞こえている筈よ。いい、これをこういうふうにしてみるわよ。オフにすると(カチッ)『おこしやす』(笑)、オンにすると(カチッ)『いらっしゃいませ』」(笑)

「あ、凄いですね！　本当だ、そんなものがあるんですね」
「もう一回いくわよ。（カチッ）『（※京言葉）この前の戦争』、（カチッ）『応仁の乱』」（爆笑）
「本当ですか⁉　歴史を感じますねぇ」
「（カチッ）『よろしおすなぁ』、（カチッ）『私には関係ない！　知らないわよ！』」（爆笑）
「本当ですか？　そんなふうに思っていたんですねぇ」（笑）
「（カチッ）『坊ちゃん、ピアノ上手にならはったなあ』、（カチッ）『おたくのガキの下手なピアノ、煩《うるさ》いのよ』」
「間違いない！　京都の人ですねぇ（爆笑）！　そうですか、そんなふうに……」
「そう、だから、京言葉で喋っていると、他の県の人には分かり難いでしょう？　だから、このスイッチをオンにして、今、喋っていたってことなのよ。……決して柳家花緑が京言葉を喋れないからじゃないのよ！」（爆笑）
「いや、皆、そうだと思ってますから（笑）。大丈夫ですから……、ていうかねぇ、その翻訳機とか、この近未来的な部屋とか、古都・京都のイメージには合わないと思うんですけれども……」
「何、言ってるの。あなた、何にも分かってないの、京都のことを……、京都ってのはね、新しモン好きなのよ」
「えっ！　そうなんですか？」
「そうよ、日本初の水力発電も、日本初の電車も、日本初の小学校も、全部京都なのよ」

「そうなんですか?!」

「それにねぇ、この立誠小学校……（笑）、知ってる？　日本初の映画が上映された場所なのよ！」

「……（会場が）『ふ～ん』って、言ってますよ（爆笑）。凄いですねぇ！　ここっていうか、そこが。そうなんですね？」（笑）

「そうよ、地元も知らないのよ（爆笑）。知ってる？　分かった、京都の人間よ、わたし。それにねぇ、京都ってところは、日本一パンを食べてる所なのよ！」

「ええっー！　本当ですか？　毎日湯葉とか食べてるんだと思いました」

「バカなことを言ってんじゃないわよ」

「へえ～、そうですか……、ちっとも知らなかったなあ。……でも、何なんですか、サイバー的なこの部屋は？」

「ここはね、京都の地下秘密組織・影の京都観光協会よ」（笑）

「影の京都観光協会？」

「影の京都観光協会は365日24時間、ここで京都の街を監視してるわ。街に何かトラブルはないか？観光客にどんなものがウケているのか？　どんなものを買っていくのか？　何が、今、流行っているのか？　全部リサーチしているのよ。そのためにね、いい？　監視ロボットが毎日街を巡回しているわ」

「……監視用ロボット？　それらしいものは、一つも見ませんでしたよ」

「それはもちろん、街の景観を壊さないように、ちゃんと工夫されているからね。（コンソールのボタンを操作し）さあ、あのゲートを見て」

　プシューッと扉が開くと、そこに現れたのが、

「おお、きれいな舞妓さんが出てきました」

「（ロボット風の所作）オイデヤス、オコシヤス。オイデヤス、オコシヤス」（……笑）

「我々が開発した、監視用アンドロイド・舞妓型・ＤＯＳＵＥ（どすえ）１号よ」（爆笑）

「なるほど！　京都の街ならねぇ、その舞妓さんは目立ちませんからねぇ」

「さあ、出てらっしゃい」

「オイデヤス、オコシヤス。オイデヤス、オコシヤス……」（バッタンバッタン片足ごとに傾きながら前進）

「なんかちょっと傾いてますね、こうやって歩くと……」

「ぽっくりが片方脱げてるからよ」

「あ！」

「京都の街の色んな所に、この本部に通じる秘密の出入り口があるの」

「それがあの金閣寺近くの？」

「本部に帰ろうと思ったときに、ぽっくりが片方脱げた。それでも無理して歩いたもんだから、きっと機械の調子が悪くなった。故障したのかも知れないわね」

「ああ、そうだったんですか？」

「（ロボットダンスの所作）オイデヤス、オコシヤス（笑）。オイデヤス、オコシヤス、……オコ、……オ

コ、……オコシ、オコ、オコ、オコココココ……（動きバグる）、（有名な「お・も・て・な・し」の口調と所作で）オ・コ・シ・ヤ・ス（爆笑）。（最後に手を合わせようとして合わず、低い声でゆっくり）おこし・や・あ～～、ぷしゅう～～～（動き止まる）」（笑）
「あ、止まっちゃいましたよ、これ。壊れちゃったんじゃないですか？」

「大丈夫、あとであたしが直すから……、それより、こっちを見て。この透明パネル、この碁盤の目が京都の街よ」

「（見上げ）ああ、そうか！　これ、街なんですね、これねぇ」

「この白い点が、秘密の出入り口よ」

「ああー、……そうか、穴ぼこだらけじゃないですか？　たくさんあるんですね」

「全部で百カ所あるわ」

「ひゃ、百カ所もですか？」

「そうよ。京都はねぇ、古井戸とか、立ち入り禁止の場所は多いでしょ？　だからそこを、遺跡の調査をするふりをすれば、平気で穴を掘ることが出来るのよ」（爆笑）

「なるほど……、じゃぁ、街の人も気がつかないですねぇ」（笑）

「そして、ゆっくり移動している赤い点が、舞妓型・DOSUE（どすえ）」

「ああ、他に何体かいるってことなんですね。この青いのが動いてますけれど、これは何ですか？」

「これは僧侶型のOSSAN（おっさん「お」にアクセント。和尚さんの略）1号から、5号まであるわ」

（笑）

「なるほど。お坊さんもね、京都の街では目立たないですからね」

「これらで集めたデータを元に、影の京都観光協会は数々のヒット商品を生み出したのよ」

「例えば、どんなものを？」

「例えば、そう……、過去に、単なる木刀を『京都みやげ』として修学旅行生に売りつけたりしたわ」

（笑）

「買っちゃいました、ぼく。あれ、普通の木刀だったんですか？」

「そして、パッとしない神社やお寺を『パワースポット』として売り込んだり（笑）、何でもない普通のおかずを、『おばんざい』といって（爆笑）、女性誌に売り込んで人気になったのよ」（笑）

「あれもですか（笑）！　ああ、そうか……、いや、いや、いや、凄いことしましたねぇ」

「ごめんなさいね。でも、これは仕方がなかったのよ」

「仕方がないっていうのは？」

「都をどりを、知ってる？」

「ああ、さっきの、必死に歌ってた奴ですよね？」

「……そう、あれ実はね、明治時代に出来た物なのよ」

「嘘でしょう?!　平安時代から続いてるんじゃないんですか？」

「皆、古くから出来ていると思っているけれども、明治の時代、東京に奠都《てんと》したでしょ？」

「てんと？　いや、確か学校では、遷都って習いましたけど……」
「アーホッホッホッホ（笑）、……バカなことを言わないで。今、一時的に東京が首都になってるだけよ（笑）。専門用語で、これを『奠都』って言うの。昔も今も、京都が『みやこ』なのよ」（笑）
「そこは譲らない。さすが京都人だな」（笑）
「とはいってもよ、街は寂れていくわ。で、その当時の京都の人たちの合言葉があるの。『第二の奈良になるな』よ」（爆笑）
「ひどいこと言いますねぇ（笑）。奈良もいい街だと思いますけどねぇ」
「（胸元のスイッチをカチッ）『よろしおすなぁ』」（爆笑）
「そこだけ機械を、その、急に切らないでください」（爆笑）
「明治の時代、博覧会を開いてお客様に来てもらったわ。『そうだ京都、行こう。』の元祖みたいなものね。その時に出来たのが『都をどり』なのよ。そう、琵琶湖疏水《びわこそすい》を開いて水力発電所作ったり、日本で最初に電車走らせたりしたのも、これもみんな、言ってみれば町おこしみたいなものね。その当時の京都の人たちはねぇ、皆、必死で、『もしかしたら、自分たちの文化が滅びるかも知れない』って、本気でそう思っていたのよ。……まぁ、今の人たちは、あんまりそういうことを知らないと思うけどね」
「はぁー、そうだったんですか」
「だからね、京都の人間はそっとしといて欲しいの。いつも観光客がわさわさいるでしょう？　それがたまらないのよ。だって、そうでしょう？　あなたはどう思う？　知らない人間が土足で、自分たちの世界を踏み潰すようなことがあったら、……嫌でしょう？　それは。だから、京言葉もねぇ、本音と建前があるっていうのは、根っこはきっと一緒なのよ」

「……ああ、そういうことなんですか」

「でも、京都は観光でしか生きていけない街になってしまった。だから、あたしたちは京都名物をこれからも作り続けるの。京都を残すために、あたしたちは、やり続けるわ」

「……そうか、ちょっとぼく恥ずかしいですね。なんかねぇ。なんか、勝手にねぇ、そういう情報だけ入って来るじゃないですか？　言葉が本音と建前があるとか、よそ者に冷たいとか……。でも、自分のこととして考えたら、ほんとにすぐ分かりますよね。自分の家の前ですよ、知らない人が覗《のぞ》いてみたり（笑）、いちいち前を歩いてみてたりなんかしたら（笑）、絶対に嫌ですもんね。……それは、そうなりますよね。じゃぁ、京都の人はフレンドリーってことなんですね？」

「分かってくれてありがとう。という訳だから、……本来であれば、この京都の地下の秘密を知った人間は、（鉄扇を構え）鞍馬流でズドンだけど……」

「ええっ⁉　やめてくださいよ」

「でも、あなたは、ＤＯＳＵＥ1号を心配して、偶然ここまで来てしまった。だから、許してあげるわ」

「（ほっ）ありがとうございます」

「そろそろ、地上に戻ってもいいわよ。ここからだとね……、『ちはやふる』の出口が一番近いわね」

（笑）

「ちはやふる……って?」
「『ちはやぶる神代もきかず龍田川　からくれなゐに水くくるとは』。いい?　百人一首の歌の名前が、百カ所の出入り口にそれぞれつけられてるのよ」(笑)
「無駄に凝りましたねぇ、そういうところをまたねぇ」(笑)
「『ちはや』たって、花魁《おいらん》の名前じゃないのよ」
「それ、東京の古典落語のファンしか分かりませんから、それね(笑)。もう、止めてください、そういうの」(笑)
「そこから出ると一番近いのは、綾小路《あやのこうじ》の麩屋町《ふやちょう》、いたってあやふやな場所に出るわ」(爆笑)
「あやふやな場所ですねぇ、確かにねぇ」
「では、最後に…(胸元のスイッチをカチッ)『ぶぶ漬けいかがどす?』」(爆笑)
「知ってます、それ(笑)。もう、帰りますから。はい、さようなら」
「ちはやふる」のゲートに入る。狭いエレベーターみたいなところに『上る』のボタンがある。パチッと押すと、シュシュシュシュ……っと上がって行って、ピョーンと飛び出して、
「……うわっと、面白《おもしれ》ぇ~。あ、古井戸のところから出て来た。なるほど、『ちはやふる』だ。いよいよ、分からないと思うな(笑)。そんなことはどうでもいいや、電話、電話……」
(スマホをとり出し電話する)
「もしもし、ミキ?」

―あ、たけし？

「いやぁ、驚いたよ。いや、何が驚いたってさぁ、俺たちの名前、ここで初めて出たんだから」(笑)

―そんなことはどうでもいいわよ。たけし、どこにいるの？　あたしまだねぇ、金閣寺の側にいるよ。

「あれから、ミキ、大変だったよ。『ウワァーッ！』って穴に落っこちちゃって、風がビャァーッて、グルグルグルーッていっちゃって、『ダァーッ！』っていって、『〽ヨーイヤサァ～』で、あの、『ピアノ上手にならはったなあ』でさぁ、それで、『オコ、オコ、オコココ……』でさぁ、『ぶぶ漬け』で、ピョーンだから……」(笑)

―全く分からない、言っていること。何それ、あやふやよ。

「そう。ここは、あやふやな場所だから、ここが」(笑)

―何の話？

「とにかくねぇ、京都は地下だよ。チカが凄いんだ」

―(チカって)どこの女(笑)？

「女の名前じゃないんだよ、地下っていうのは(笑)。地下組織があってさぁ、そこが最高のレジャースポットなんだよ。京都の人は、フレンドリーだからさぁ、おれがいなくなったあたり、……松の木の裏あたりに、入り口があるから、入ってみなよ」

―え、えー？　『入ってみな』ったって……。

「いいから、そこは多分、落語的にはねぇ、『瀬をはやみ』だと思うからね」(笑)

――……もう本当に分からない人がいると思うから、止めて。サゲ間際に本当にうっとうしい、そういうの（笑）。やめて、もう。不親切……。

「ああ、悪かった、悪かった、悪かった。行ってごらん」

――ちょっと待って、行ってみるから、……確か、ぽっくりがあったのがこの辺でしょう。で、松の裏に行くと……、あった、あった、あった！

「だろ！　そっから入ったら良いんだよ」

――あー、でも、入れない。

「どうして？」

――だって、書いてある。『一見さんお断り』って（笑）。

大分『日田の関サバ』

2015年3月20日　大分市能楽堂

【登場人物＆前説】

★おもな登場人物

イザベル……　フランス人の大女優。

中年男……　大分県日田市の居酒屋兼定食屋。

委員長／委員……　湯布院映画祭のスタッフ。

日本は全国各地に有名な温泉地がたくさんある。その中で大分県は、源泉の総数・お湯の湧出量ともダントツで日本一なのだ。さすが「おんせん県」を名乗るだけある。私も別府には何度か行ったことがある。

だが当然だが、大分県は温泉だけではない。私はいつもこのシリーズでは、その県全体のことを考えるのだ。どこの県だって一つのイメージだけでは括れない。県庁所在地以外にも魅力的な街や場所があるし、海側の地域と山側の地域では文化も違う。

「大分県の海側の名物といえば……？」

と考えて、関アジ・関サバが浮かんだ。

「じゃあ、山側は？」と考えて、日田が浮かんだ。日田に行ったことはないが、むかし読んだ松本清張の『西海道談綺』は日田が舞台であることを思い出した。金山が出てくるし、名水も有名だから山の中なんだろう。

高校野球の甲子園常連校「日田林工」も思い出した。林工というからには、山に囲まれているんだろう。

以前ワールドカップの時、大分の中津江村がカメルーンのキャンプ地になって話題になったことも思い出した。

「あの時の映像も、山間の風景だったなあ」

関アジ・関サバの海側と、山側の日田……この二つを結びつければ大分県全体の落語ができるのではないかと考え、「ああ、ちょうどいい古典落語があるじゃないか！」とひらめいた。

＊

『目黒のさんま』という落語のタイトルは、わりと有名だと思う。内容はよく知らなくても、オチのフレーズだけ知っている方もいるだろう。

「サンマは目黒に限る」

このオチの面白さは、東京以外の人にはピンときにくい。

江戸という街は豊かな江戸湾（東京湾）を抱え込んでいるので、新鮮な魚が手に入る。しかし目黒は海から遠い土地なのだ。江戸時代の魚河岸は日本橋。目黒に一番近い海岸は芝浜あたりだろう。

現代でも山間の温泉旅館で夕食に刺身の盛り合わせが出てくると、「ここ山の中なのに」とは思う。もちろん冷凍技術とトラック輸送が完備された現代だから可能なことだ。が、冷凍庫も自動車もない江戸時代、海から遠い目黒の地で、世情に疎い殿様が「サンマは目黒に限る」と言うから、笑えるのだ。

それを大分県に置き換えると、『目黒のさんま』は『日田の関サバ』になった。関アジではなく関サバにした理由は、落語をお読みください。

はい、……という訳で、今日は大分の落語を演らせていただくんですけれども、この九州っていうふうに見るとですねえ。まぁ、結構、近くっていうか、隣の福岡は、もう、しょっちゅう来ております、はい。この節、「そんなに、イイの？　ボク、来ても？」っていうぐらい……、っていうか、「もうネタが無いよ」っていうぐらい来ております（笑）。いろんな会で、ですよ。大きなので、『博多・天神落語まつり』ってのがありますね。もう、凄いですよ。何会場ですか、3会場ぐらい……、千人規模の会場も含めて3日間同時開催という、もうどこを見てイイか分からない、お客様が。そういう大きな落語イベントも、もう8年続いてますかね。大変なことです、これは。円楽師匠を筆頭に……、円楽師匠を知っていますか？　あの、『笑点』で腹黒で有名な……（笑）、そんな言ってるほど黒くないんですよ。紫ぐらいの色なんですよ、ああいうね。はい、筆頭でやっております。わたくしも来られるときに、伺っております。で、この会自体も、福岡……、福岡といっても北九州に行ったんですけど、実はね。北九州の芸術劇場というところで演ったんで、『北九州落語』になったんですけれども、あと佐賀も演りました。鹿児島も演りましたね。で、その他ですね、熊本とか先ほどもね、ちょっと話をしましたけども、毎年行っております。で、長崎もどうかすると呼ばれていきます。宮崎も行くんです。どういう訳でしょう？　この大分だけ呼ばれません（笑）。相当、お初《はつ》のお客様が多いか、あるいは他の県でわたしを聴いたことのある方が多いか……。

湯布院の『亀の井別荘』ですか、あそこで先輩と以前、間狭《ませま》なるお座敷で1回演らせていただいた。あとは、笠《りゅう》（青峰《せいほう》）先生という……、あの、桜の絵を描く大変上手い先生がいらっしゃいます。ここ数年前に、お亡くなりになりましたけど、その笠先生のご自宅というか、書斎というんですか、絵を描く……、そこが湯布院にありまして、もう凄い景観ですよ。

そこがこう崖みたいなところにあって、ブァーッと山が見える。そこにホールがあって、その中で落語を演らせていただいたことがある。その僅か2回で、今日が3回目って、大丈夫ですか？　わたくし（笑）。

でもね、大分《ここ》にはね、先輩がいるんですよ。柳亭市馬というですね、ウチの祖父、五代目柳家小さんの弟子であるわたしの兄弟子です。今、落語協会の会長にもなって、トップです、落語界の。その人が、この大分出身なんですよ。……あんまり関心が無いのかな（笑）？　もう、「ふ〜ん」みたいな……（笑）。そうなんですね、皆さん、覚えておいてください。柳亭市馬師匠というですね、顔が馬みたいに長い人がですね、五代目の圓楽師匠に負けないぐらい大きな迫力のある師匠で、歌も大変に上手い。歌と落語の上手い先輩が、……この大分のどこかは、よく知りません（笑）。調べてみてください。はい、大分県です。

落語というものを、もう一度皆さんにご説明いたしますと、演目がね、結構何百とあります。500あると言われておりますけれども、全国的に知ってる演目《もの》って、「あっ、それ知ってる」っていうものはね、かなり少ないですよ。

『寿限無』っていうのは、知ってますか？　まぁ、『にほんごであそぼ』、わたくしも以前出ておりました子供番組ね。「寿限無、寿限無、五劫《ごこう》のすりきれ」って、流行《はや》りましたんで、何となく『寿限無』っていうのは知ってる。『饅頭怖い』とかどうですか？　これもよく聞くタイトルかも知れない。中国の『笑《しょう》府《ふ》』とか、『笑話《しょうわ》』っていう小噺集が元になっている話です、実は。向こうから持ってきたものですね。あとはね。『時そば』っていうのがあります。これ冬場の噺でね、お蕎麦を食べる噺、よく噺家が演ったりしますよ、仕草をね。（そばをすする所作）ズルズルズルー、ハフッハッフ……、というような（拍手）。拍手をもらうとは思いませんでした（笑）。

あとね、『目黒のさんま』って噺があります。これは秋口の話なんですけれども、どうでしょうかね、ご存じの方いらっしゃいますかね。『目黒のさんま』と聞いて、「ああ、落語のタイトルだ」と。これ実はね、東京の方は、もっとよりよく知ってるんです。で、理由があります。

何かっていうと、これは秋の噺なんですけれども、東京の目黒という場所、山手線でも駅がありますが、その駅近くでですね、秋に必ず毎年イベントを打ちます。どういうイベントかっていうと、『目黒のさんま祭り』というタイトルが付いていて、東北のほうの海から水揚げされた5千匹のサンマを無料配布するんですよ。

別に、何かやったから、お返しとかじゃないんですよ。ただ、「食べてくれ！」ということで、もの凄い長蛇の列ですよ。だから5千本ですから、どうかすると1人1本なら5千人が食べられる。そういうイベントを毎年やってるんですよ。

どこどこ産のダイコンと、どこどこ産のサンマっていうことで、ワァッと集まって、もう、だからもの凄い煙ですよ。目黒のお祭りが、毎年秋にある。ですから、タイトルは、その落語からとってるんですけど、落語とは知らずに、サンマだけムシャムシャ食べてる人もいるっていうことなんですよ（笑）。

そんな話があるくらいですね。もっともっとイイ話は、たくさんあるんですけど、意外と知られていないんだなと、わたしなんかは思いました。一方どうでしょう、この大分県。皆様はこの中の人ですから、外からの印象ってどうでしょうね。いろいろ名産だと、たくさんあると思いますけれども、意外と知られていないものってのありますよ。全国の人で、「あ、それ知ってる」ってのは、どのぐらいあるでしょうね。名産としてまず挙げられるのは、「滑って転んで大分県」、……あれ名産じゃありません（笑）。

でも、皆、知ってる訳（笑）。これがまず一番、「滑って転んで大分県」。あとは、まぁ、温泉です。そりゃぁ、そうでしょう。今日、飛行機で来ました、わたしも。今日入ったんですよ。まず書いてありますよね。「おんせん県、おおいた」。空港でカバンとか取るところから出ると、もう風呂桶がいっぱい積み上がってるじゃないですか。凄いアピールですね。「持って帰っていいのか」と思って、「止めてください」っていう感じですよ（笑）。あれ持ってっちゃいけない訳。「すぐ、お風呂に入ろう」というか、とにかくそのぐらいの勢いですよ。特色としてね、別府、湯布院、そうですよ。これがあれば、もちろん「おんせん県大分」でイイでしょう。そう思います、わたしも。

あと、なんでしょうね。今回の『ｄｔｒａｖｅｌ』で分かったことですけど、唐揚げがそんなに皆さんお好きですか（笑）？　凄いですね。「いつでも、唐揚げが出てくる」と書いてありましたけれども、そうなんでしょうか？　今日、実はロビーでね、スタンプ押してたらいきなり唐揚げを持った人がいたんで、「あ、やっぱりだ」というふうに（笑）、わたしは合点がいきました。

急にある人が来たら、唐揚げの匂いがもの凄くイイんで、……持ってたんですね、その人はね。その人から発生してるんじゃなくて、持ってた（笑）。ビックリしました。だから、「唐揚げだな」と思いました。あとは、やっぱり、全国的に有名です、。関サバ、関アジ。これは、皆、知ってますよ。

ただ、関サバ……、「関」って書いてあるでしょう？　下関って思っている人がいるんですよ。「あー あ」でしょう？　それだけね、モノっていい加減なんですよ、みんな。自分の県のことは詳しいけど、他のことを知らないから、ちょっと遠い人は、……近いし、ここ、海で。海って、……みんな繋がってますけども、もちろんね。でもね、下関だと思ってる人がいるんですよ。それは、違いますよね。もう佐賀関《さがのせき》ね。その佐賀関っていうのがあって、大分で佐賀って、ここはややこしかったりする訳（笑）。もうこれで、皆、「う〜ん？」みたいなことになる訳ですよ（笑）。だから、知ってるようでね、もっともっとたくさんの名産があるのに、意外と知らないんだなってことは多いなって話です。

どうでしょう、今、落語と、この大分を比べてみたけれど、意外と共通点があるような感じが、わたしはしていて、こういう話を、今、申し上げたんです。今日はそういう訳で、今日の大分落語は、落語と大分の共通点を結んだような、そんなお噺を一席聴いていただきたいと思います。

よくこのテレビでね、カンヌ国際映画祭、今年のグランプリは？　なんていうのをニュースで見たりしますね。カンヌ、ベルリン、ベネチアなんていうのが、世界三大映画祭と言われております。で、日本でもたくさん映画祭が行われております。その中で一番歴史のある古いものというと、東京国際映画祭ではなくて、ご存じの方多いでしょう。大分の湯布院映画祭でございますね。別府温泉から山一つ入ったあの盆地・湯布院で映画祭の第1回目が行われたのが1976年、昭和でいうと51年、わたし、5歳。映画祭が始まった当時、ほのかに覚えております。「ああ……、大分で、始まったなぁ」というね（爆笑）。『ゴレンジャー』を見ながら（笑）、そんなことを思った記憶があります。

皆さんには言わずもがなですが、これはですね、映画館のない街で、「日本映画のお祭をやろう」という町おこしのために始まったイベントなんですね。そうやってはじまりました。で、ボランティア運営しておりましたから、手作り感が良かったんでしょうね、今でも続く人気の映画祭が残ってる訳です。この湯布院映画祭は、まぁ、日本映画限定ということでやってるんですけれども、ある年、ここにフランスの大女優がゲストでイベントに参加するということで、さあ、準備をするスタッフは、もう大変な騒ぎになっております。


「あー、忙しい、忙しい……。忙しいなぁ、忙しいぃ！　忙しいねぇ。もう、『忙しい』を売って歩いているようなもんだ、これなぁ。ああ、忙しい、忙しい、忙しいなぁ。もう、まるで『忙しい』が団体でやってきたみたいだな。

♪　お忙しい様ご一行、お着きです～　どうぞ、どうぞ、

『ああ、お世話になります』

『今年も、よろしく』

『よろしく』

『よろしく』

『よろしく……』

ああ、どうも、忙しいの皆さん、どうぞ、どうぞ、お名前を仰ってください、はい。「とても忙しい」様、(宿帳を見る)……「とても忙しい」様は2番のお部屋でございます。はい、そちらは？「めっちゃ忙しい」様、「めっちゃ忙しい」様は5番のお部屋でございますね。「マジか、ウゼえ忙しい」さんはですね(笑)、12番のお部屋でございます……」

「ああ、……委員長がまた壊れている……。もう、この時期になるといつもこうなんだ。直前になると、委員長！　しっかりしてください！　また『忙しい』が、こんがらがっちゃってますよ」

「はっ！　田中君？(頭を抱え)ああ、また、私、何か言ってたか？」

「はい、もの凄い言ってました。覚えてませんか？」

「なんか、そうだなぁ、宿屋の番頭をやっていたような気がするけれど……」(笑)

「がっつりやってましたよ」(笑)

「(頭を抱え)ダメだぁ、今年は特にプレッシャーがかかっているだろう？　現実逃避が激しいんだよ。もう、すぐそういうことになってしまって……、忙しいってのはよくないな。字で書くと、心を亡くすと書くから……、うん、心を亡くす……。こころを亡くしました父のいそがしでございます(笑)。今日はこころの為に、皆さん、お集まりをいただきまして、本当にありがとうございます。心より御礼を……、あっ、この心よりというのは、そのこころからではなく、私……」

「委員長(爆笑)！　帰って来てください、現実に。そんなことを言わないで……」

「ああ、（顔を手で覆い）田中君、……まただ。もうダメだ。私は、もう、もう、委員長の器ではない。君がやりたまえ！」

「そんな突然振らないでくださいよ。委員長は、委員長がやらずに、誰が委員長なんですか？」

「……え、えー？　委員長は、委員長がやらずに、誰が委員長か……、そこが問題だ（笑）。

♪　委員長　委員長　委員長　委員長～」

「ミュージカルにしないでください（爆笑）。そんな変な歌を止めてください。今、一瞬、シェイクスピアかと思ったら、全然違うじゃありませんか……」

「ああ、田中君、もうダメだ、私は。とにかくね、このプレッシャーはだよ、そのフランスの大女優、イザベルさんが来るからだ。君は知っているか、それを？」

「知ってますよ、もちろん。一緒に企画したんですから。世界的な映画の大スターです」

「そうなんだ。うん。いやぁ、とにかくなぁ、日本映画にマドンナ役として出演したのをいいことにな、ダメ元で、まぁ、逃げ腰で、弱腰で、恐る恐るオファーしたら、どうだぁ。『ウイ。日本で一番歴史のある映画祭？　なら、是非出ますよ』と、フランス語で返事が来たじゃないか。いやぁ、あのときは驚いた」

「はい、私も驚きました」

「そうだな、うん。驚いたよ～。とにかくな失礼がないようにするんだぞ」

「もちろんです」

「ううん、それで、そのイザベルさんは、まだ到着しないのか?」

「はい。間もなくだと思われます」

「うん、それで、宿のほうは、大丈夫なんだろうな? 最高級の宿をとっているんだろう?」

「え、え、え、大丈夫です。この町いちのホテルのVIPルームをご用意しております」

「ならいい。うん、そうか、そうか、あっ、それで料理のほうは、大丈夫なのか?」

「はい。大丈夫です。この町いちのフランス料理シェフが腕によりをかけまして、そりゃぁ、もう、世界一のフランス料理を出していただくことになっております」

「ならいい。そうか……、あっ、通訳はどうなってる?」

「大丈夫です。この町いちのフランス語通訳を……」

「おお、そうか、この町にそんな人がいるのか?」

「ええ。この町いちの、フランス語通訳を父に持つ嫁の実家のマタイトコを用意してます」(笑)

「遠いなぁ〜。他人じゃないか、それ。大丈夫なのか?」

「大丈夫です」

「なら、イイ。なら、イイ、あっ」

「大丈夫です」

「まだ何も言ってないじゃないか」(爆笑)

「とにかく、準備万全です。大丈夫なんです。委員長は、とにかくどっしりと構えていてください」

「なら、イイ」

なんてんで、もう、大騒ぎでございます。そんな最中、フランスの大女優イザベルさんがこの町にやってまいりまして、ブロンドの美人、スタイルも抜群です。もうなにより、スクリーンから抜け出て来たような……、抜け出て来たんですけど（笑）、そんな美人でございます。大女優でありますけれども、とにかく笑顔が素敵で、大変気さくな庶民的な女優さんでございます。

ただ、映画祭ですからね。もう、イベントが多いですね。やれ記者会見からはじまって、監督との対談、日本の役者さんとトークショー、ゆるキャラとツーショット撮って欲しい。知事さんも挨拶に来る。とにかく分刻みでスケジュールがパァーッと決まっておりますから、さぁ、それをドンドンこなしていくと、

「（女性の外国人の口調で）はぁ〜……、疲れたわぁ……」（笑）

イザベルさんもぐったりです。

「公式行事ばっかりね。でも、何？　あの通訳の人、言ってることがさっぱり分からない」（笑）と、これをフランス語で言っている訳でございます。さぁ、スケジュールを見ますと、ちょうどここから1時間、ぽっかり空いておりますから、

「ふふふ……。ようし……」

イザベルは、こっそり会場を抜け出した。抜け出してどこに行ったのかと申しますと、由布院の駅です。まぁ、ここは観光地ですから、町の規模以上に立派な駅がドンと建っておりますね。これは大分出

身・磯崎新《いそざきあらた》の設計でございます。

さぁ、見よう見まねでキップを買ってホームに出ました。で、ここは大分から福岡県の久留米を結ぶ「久大本線《きゅうだい》」が走っておりますね。大分方面が下り、久留米方面が上りなんですが、こんなことは、もちろんイザベルさんは知りませんから、……で、なかなかのローカル線ですから、本数も多くない。たまま来た電車に、ポンと飛び乗りました。さぁ、電車はコトコトと、山のほうに進んで行きまして……。

そんなことは知らない映画関係者は、

「おい！　イザベルさんはどこへ行ったんだ？」

「はい。どこにも見当たらないんです！」

「おい、おい、おい、おい！　見当たらないってどういうことなんだ？　このあと行事が目白押しじゃないか！」

「はい、なんか、表へ出かけて行った姿を見たって人もおりまして……」

「とにかく、大至急捜すんだ！」

「はい！　探します！　ただ、委員長、行事……、このあとどうしたらいいんですか？」

「ううう…、（膝を打つ）よし！　影武者作戦と行こう」

「影武者作戦！　え、そんな作戦なんて、元々仕込みがありませんけれども……、影武者って、今からそんないませんよ、イザベルさんみたいな人は。どうするんですよ？」

「用意がないか……、じゃぁイイ。私がやろう」

「えっ！　委員長がですか？」

「うん。

（口調がオジサンのままで）皆様、私がイザベルでございます（笑）。性転換手術を成功いたしまして（爆笑）、日本人のオジサンのオジサンになりましたが、心は女優です。思い起こせば私の人生……」

「委員長！　そんな突飛な想像は止めてください。どこも使えませんからぁ、……時間が無いんです」

「……そうか、じゃぁ、急遽具合が悪くなって、安静にしていると発表しておきなさい」

「分かりました！」

こんな騒ぎになっているとはいざ知らず。イザベルさんは、電車にコトコト揺られながら、のんびり窓の外を見て、歌なんか歌っておりまして、

「♪ル　スィエル　ブル　スュル　ヌ　プ　セッフォンドゥレ　エ　ラ　テル　プ　ビヤン　セクルレ～　プ　マンポールトゥ　スィ　テュ　メーム　……ららら～（爆笑）ら～ららぁ～（笑）

『愛の賛歌』（笑）。わたしの大好きなフランスのシャンソン歌手、エディット・ピアフ、ピアフは2015年で生誕100年。五代目柳家小さんも、その年、生誕100年」（笑）

凄い情報を知っていたりなんかして（笑）。さぁ、窓の外に見えるその景色……、山があって、川があって、たまに川と線路が交差をする。鉄橋を何度も何度も渡っていく。そんな風景です。

「ああ！　私の故郷によく似てるわ」

イザベルさんはパリで活躍しておりますけれど、生まれはフランスのオーヴェルニュ地方という、舌を

噛みそうな山あいの盆地に生まれました。そういうなんか懐かしい感じも良かったんでしょう。

やがて、1時間ほど乗って降りたのは、日田《ひた》という街でございますね。もう少し進むと福岡県に入るという山の中の盆地に辿り着きました。天領というね、幕府直轄領だったその街は、古い街並みで、「小京都」と呼ばれる街並みでございます。

イザベルさんは、そういうところが好きなんでしょう。

「ワォー！　素敵ねぇ！　トレビアーン！」

さぁ、街並みは古いお屋敷や蔵があったり、そういうところをふらりふらり散歩をして歩くのがもうたまらなくて、しばらく行くと狭～い四つ角を曲がると、途端に良い匂いが入ってまいりまして。グゥーッとお腹も鳴って……。考えてみたら、お昼を食べずに会場を抜け出してきてしまったので、

「オウッ！　何これこの良い匂い。凄い美味しそうな匂いよ。（急に低い声で）どこでしているんだろう？」

段々お腹が空いて来るとキャラが変わって来るようで（笑）。ふらふら匂いを頼りに歩いていくと、1軒の小さな食堂を見つけました。どうも、夜は居酒屋、昼は簡単な定食を出すような、そういうお店です。店の前まで来たんですけれども、日本語が分からないし、どうしようと戸惑っていると、この店の奥から、「ケスキリヤ」と聞こえた。これには、イザベルさんが驚いた。フランス語で「どうしました？」という言葉ですから、

「オー、こんなところで、フランス語が？」（笑）

中から中年のオッサンが1人出てまいりまして、

「アナタは、フランス語が話せるんですか？」

「いや、いや、別に話せるというほど、話せはしませんよ。ただ、以前ですねぇ、この国でサッカーのワールドカップが開かれたんですよ」

「オー、ワールドカップ！」

「ええ、カメルーン代表がですね、キャンプ地として、この奥の中津江村《なかつえむら》というところを選んで来てくれたんですよ」

「ナカツーエ？」（笑）

「はい。で、私は、そこの村の出でしてね。村全体で何かおもてなしをしようということになりまして、それには言葉を覚えるのが一番だろう、カメルーンだから、カメルーン語だと思ったら、訊いたらフランス語だっていうじゃありませんか。それでちょっとフランス語を覚えたという訳なんですよ」

と、このオジサン、どうしてカタコトのフランス語でこんな難しい説明が出来たのか（爆笑）？　演ってるわたしも不思議でしょうがない。ですから、皆さんの想像にお任せしたいと思います（笑）。

さぁ、この中津江村、ね、今は、日田市の一部になっている訳なんですけれども、このオジサンは、その村の人でございます。今、この街へ出て来て、こんな飲食店を営んでいるということなんでしょう。

でも、イザベルさんは、そんな説明を聞きたいんじゃない。この匂いは何なのか？

「この美味しそうな匂いは、ナンですか？」

「これはサバの塩焼き定食ですよ。ウチはねぇ、なかなか良いものを使ってますよ。関サバです」

「セ・キ？　……サ・バァ？」

　これ、偶然にも、フランス語で「セ・キ？（C'EST QUE)」とは、「これは誰？」。「サ・バァ？（CA VA?)」というのは、「元気ですか？」ということですからね（笑）。

「これ誰ですか？　元気ですか？」

「ええ、ええ、この魚はねぇ、大変生きが良いですよ」

　って、会話が成立しちゃったんですねぇ、これねぇ（爆笑）。

「昔であれば、まぁ、日田という街は山の中ですからね。こんなに新鮮な魚は手に入りませんでしたけれども、今はですね、お陰様で刺身にしても食べられるこんなサバを、塩焼きでお出し出来るんですよ。よかったら、召し上がりませんか？」

「ウイ！」

「……さぁ、お待ちどおさまでございました」

　もう、イザベルさんは、はじめて見るサバの塩焼きに興味津津で、

「おお！　…これが…セキ・サバァ」

　見ると脂が乗ったこの関サバが、ジュウジュウぷちぷち音をたてて、で、大分名産のカボスをジュッとそこへ搾って、大根おろしが添えてある。慣れない箸を持って、こう身をほどきながら、

「イザベル。……いざ、食べる」（爆笑）

一口食べると、
「ウーン……、ウーン、これ、メッチャ美味いねぇ！　なにこれ?!　目が覚める美味さよ！」（笑）
って、これをフランス語で言ってる訳です、もちろん（爆笑）。
「アウ、これ、ハフハスフ、ウッウッウッ、ジューシー、これ！　ウンフウン、（汁の器を手にして）フーハーフーハー、キュー、ウーン、味噌スープ！　（再びサバに箸をつけ）フフンフンフン、ご飯が進むよ（爆笑）！　ハフハフハフ、うーん、ジューシー！　う～ん、セキサバ！　おかわり！　ウ、ウ、ウ、カボス、大根付けて、ハフハフハフ、うーん、これ、メッチャ美味いよ！　空腹の調味料も手伝ったね（爆笑）。ウーン、味噌スープ！　ご飯も進むよ！」（爆笑）
もう、キャラが崩壊しておりまして（爆笑）、３匹も食べまして、
「ゴホッ、ゴホッ」
「ほら、ほら、慌てて食べるから、そういうことになるんじゃ。日田はねぇ、水も名水だから、さぁ、これを飲みな」
「ウッウッウッ（コップの水を飲み干し）これ、美味いねぇ！　オッサン！」（爆笑）
まるで誰だか分からなくなってしまって（笑）、……とにかくオーヴェルニュというところは、あのご存じ「ボルヴィック」の土地でございますから、名水があるというところも、自分の故郷と重ね合わせた。さぁ、食事も美味しい、人も良い、そして街の風情も気に入った。もう、大満足で、この大女優は、また、映画祭の会場へ戻ってまいりました。その頃、委員長は自分の左右の手で会話をはじめておりまして、

「(右手)ああ、責任ある立場って大変ですね？　(左手)そうなんじゃよう。もう、一所懸命やってもどうにもならないことがあるんだよ(爆笑)。(右手)そうですね。(左手)そうなんだ。(右手)可哀そう、可哀そう。(左手)ありがとう、ありがとう、ありがとう」(笑)

「委員長⁉」

「あっ⁉　どうした？」

「イザベルさんが戻って来ました」

「ああっ！　そうか……、大女優が戻った。……ああ、それは良かった！　……何か、この映画祭に不手際があったんじゃないだろうな？」

「そういうことではないようです。どうやら、散歩をしていたら道に迷ったという話で……」

「そうか、うん。……でも、待ちなさい。3時間以上も道に迷えるものなのか？」(笑)

「ですが、当人は、とても満足したような表情でお戻りになりまして、『大変ご迷惑をおかけしたから、このあとの行事は盛り上げるわ♡』とフランス語で言っておりました」

「そうか、そうか……、ならいい。うん。じゃあな、『お加減が良くなった』と発表しなさい。このあとの行事からすぐに出てもらおう」

さぁ、イザベルさんはこのあとの行事、夜まで務めますと、あくる日も朝早くから一所懸命にイベントに参加して、たいそう盛り上がりまして……。で、すっかりこのスケジュールを終えまして、イザベルさんが帰国するその日になりました。一人になると……、

「はぁ～（ため息）……。……セキ・サバァ……、もう一度食べたい……。美味しかったわ。ジュージュー、プチプチ、脂が乗ってるじゃん。たまらないよ。セキ・サバァに会いたぁ～い」

どうも、関サバのことになると、段々キャラが変更して来てしまうようで……（笑）。こうなると、もう、恋煩いと同じですから、何を見ても関サバに見える。山を見ても関サバ、建物を見ても関サバ、当然川を見ると、

「関サバ泳いでないかしら？」（笑）

さぁ、通訳の人が入って来ても、

「アナタ、セキ・サバァ？」

「何ですか？」（笑）

もう、皆が戸惑うような……。

「いやぁ、イザベル様、本当にありがとうございました。おかげで、映画祭も大変盛り上がりまして、ありがとうございます。それで、何か御礼をさせていただきたいので、何かご要望があれば、何でも仰っていただきたいと思いますが……」

「ホントに？」

「はい」

「だったら、ワタシ、関サバが食べたいんだよぉ～！」

「分かりましたぁ！」

さぁ、これにはスタッフが驚いて、

「なにい⁉　大女優が、あの関サバをご存じだったのか？」

「さすが、グルメの国、フランスですよ。やはり話が知れ渡っているんですね」

「それは、嬉しいじゃないか！　もうな、この県一番の、とびきりのなぁ、上等な関サバを用意するんだ！　行けぇ！」

「はぁーい」

さぁ、車に乗るっていうと、バァーッと飛ばして、この大分市を海のほうへと向かいます。途中能楽堂を通って、

「(ハンドルを握りながら)あっ、今日、落語会か？」(笑)

「そんなものはイイから、行けぇ！」

バァーッと、豊後《ぶんご》水道に突き出た佐賀関《さがのせき》半島の先っぽ、佐賀関の港までやってきますと、

「おい！　上等の関サバをくれ！　…え？　なに、これから東京の築地に出すところ？　それ全部くれ！」

さぁ、脂が乗り切った最高級のサバをゲットしますと、また、バァーッと湯布院に戻って、

「買ってきました！」

「おお、買ってきたか？」

「はい。作りましょう。お刺身でいいですか？」

「いやいや、ちょっと待ちなさい」

と、止めましたのが、この町一のフランス料理シェフで、

「たしかイザベルさんは一度、具合を悪くされたとか？」

「ええ」

「だったら、生モノはよくない。ここは私が腕をふるいましょう」

と、まずは白焼にして、脂をすっかり落としまして、フランス人好みのムニエルにいたしまして、ベシャメルソースで味付けをしまして、バルサミコ酢で隠し味、トリフュをそこに散らして……、もう、いろんな味がして、ゴッテゴッテになったところに、もう、パッサパッサでございますから、もう、サバだか、パサだか、分からない（笑）。ですが、最高級の一品が出来上がりまして……、

「お待たせしました。イザベル様、関サバでございます」

「まぁ！　ウイ！　……？」（笑）

このあいだ見たのとは、だいぶ様子が違って、

「……何、これ？　セキ・サバァ？」

「はい。関サバでございます」

「……ハン？　（しげしげと眺める）……、お箸は？」

「フォークとナイフで……」

「和食じゃないのね？」

と、小さく切って、口に近づけますと、ファーッとほのかに微かに関サバの香りがいたします。

「オー！　セキ・サバァ！　ジュテーム、セキ・サバァ。（もう一口食べる）うん、フッフッフッフ。（噛んでいるうちに表情が不満そうに変わる）クッチャクッチャクッチャ……（笑）、クッチャクッチャクッチャ……」

脂が抜けてパッサパッサで、もう、ソースの味しかいたしませんから、思わず口から出してナプキンで覆った。

「おおっ、いかがなさいました？」

「悪くはないけども、このセキ・サバァ、どこから持ってきたの？」

「はい、もちろん、佐賀関でございます」

「ノン、ノン！　セキ・サバァは日田に限る」

東京『パテ久』

２０１２年９月25日　東京・渋谷ヒカリエ

【登場人物＆前説】

★おもな登場人物

若い男……茶碗を持ちこむ客。チャラい。（最新のプラスチックパテ）
職人……修復職人。昔気質。（陶器のようで粘土パテ）
おかみ……その店のおかみさん。（陶器のようで焼継ぎパテ）
親方……その旦那。（陶器のようで本漆パテ）
大おかみ……その母。老婆。（元の陶器）

東京という街を歩いていると、おそらく江戸時代から変わらないだろう寺社の向こうに、近代的な高層ビルがぬっと建っていたりする。角を曲がると、古きよき昭和を思わせる路地が残る一方で、表通りには石造りの明治西洋建築がある。そこを歩いているのは、当然21世紀の現代ファッションの人々だ。

大雑把に言って、江戸／明治／大正・昭和の戦前／『三丁目の夕日』の戦後昭和レトロ期／昭和バブル期／現代……とそれぞれの時代の風景が、モザイクのようにあちこちで入り組んでいる。そういったものを継ぎはぎしながら出来上がってきたのが「東京」という街なのだ。

地形的にも、東京に大きな山はないが、低地（下町）と台地（山の手）が入り組んでいる。「〜谷」「〜坂」といった地名が多いのは、そのせいだ。そこで、地形・名前・時代による街のたたずまい的にもさまざまな継ぎ目に位置する「神楽坂」という場所を、この落語の舞台に選んだ。

＊

古典落語にはよく「道具屋」が登場する。今でいうなら、骨董店とかリサイクルショップみたいなものだ。真贋とりまぜ骨董品も登場する。骨董の陶器が出てくる落語には、『井戸の茶碗』『はてなの茶碗』『猫の皿』などという演目がある。そこに敬意を表して、この噺の中にも登場してもらった。ここに出てくる「焼継ぎ」というのは、安価な陶器修復方法。江戸時代は、天秤棒をかつぎ火鉢をぶら下げた「焼継ぎ屋」が街を流して歩き、おかげで新品の陶器屋の商売があがったりになったともいう。

当時の浮世絵に、（番町皿屋敷の）お菊さんの幽霊が井戸の中から割れた皿を持って現れ、焼継ぎ屋がビックリして腰を抜かす、というものが残っている。

古川柳にも多く登場し、

〈焼継屋夫婦喧嘩の訳を聞き〉

というものもある。庶民の生活にかなり密着していた商売であることがわかる。

そんな江戸時代に焼継ぎ屋の久兵衛さんから始まった店……の噺だ。江戸の昔に出来たなら「継久」という演目の落語になっただろうが、現代なので「パテ久」というタイトルにした。

47都道府県落語は、この噺からスタートした。

さあ、今日はそんな訳で、ロングライフ落語というテーマと、もう1個、47都道府県の落語をこれから作ろうということの最初の噺が、この東京となった訳ですね。この渋谷っていうことなんですけれども、渋谷はね、ボクの思い出は結構いろいろあるんです。よく昔映画観に来たりね、女の子とデートしたのも渋谷ですよ。

渋谷でしょ……（笑）？　何が渋谷でしょう（爆笑）？　渋谷ですよ、ね。わたし、昔からこの人混みがどうもね、苦手じゃないんですね。好きなんですよ、むしろ。なんだか別にゴミゴミしたのは、何もストレスに感じたことがないんで、逆に渋谷を嫌いだなんていう人もいたりするんですけれども、ボクには分からない。

渋谷ほど、こんなワクワクする場所がない。その一つは何かっていうと、新宿とかね、上野とかね、池袋とかね、それぞれ人の多い歓楽街があるんですけど、あそこには何かワクワクを感じないのは、寄席があるからですよ（爆笑）。出番が終わって、うかうかしてると先輩に出っくわして、

「あっ！　ご苦労様です」（爆笑）

って、言わなきゃいけないんで、そんなとこ女の子といるところ見つかっちゃうと、ずっと楽屋で、

「おまえ、このあいだ、女と手ぇ繋いで歩いてたぁ……」

なんてね、あることないこといろんなこと言われちゃいますから……。先輩が来ない場所は渋谷だったんですよね（笑）。そんなこともあってか、自分がもの凄く解放される場所として、渋谷っていうのがね、もの凄く20代から良い印象としてずっととらえてましたね。

面白かったのは、センター街って、今、名前変わったの知ってます？　バスケットボールストリートとかって、「誰が認識してるんだろうなぁ」みたいな（笑）、一応、ドーンと垂れ幕かかっているんですよ。元々造り付けのあの大門みたいな門があって、あそこの門に『センター街』って書いてあるんすけど、そこに垂れ幕で、『バスケットボールストリート』みたいなねぇ、……といってバスケットをやってるような若者一人もいないしね（笑）。どっかにゴールがあるのか、分かりませんけれども、そんな名前が命名されているんですよ。

で、今、話したいのは、20代のね、割と前半の方ですよ。わたしね、１回、逆ナンていうんですか、ナンパなんて普通男からするでしょ？　女の子から、ナンパされたことがあるんですよ。あれってね、気持ちのいいものなんですね（笑）。男なんてだらしがないですから、どんな女の子に声かけられても、「オレはモテてる」という自負をね、いつでも持ちたいと思ってます。特に20代前半なんて、男は自信が無いですからね。そんなこと言われるとね、なんかすごく自信を持つんですね。

ただね、女の子から、１人で、ですよ。凄いでしょ？　女の子１人で声かけて来たんですよ。こういうのは得てして危ないね。こういうナンパは何か気をつけなくちゃいけない。それで急に声かけてきて、

「友達になりませんか？」

って、言われたんですよ。歳の頃、幾つだか分かりませんよ。ボクが21とか、２ぐらいのときに、……その娘《こ》がまだ18、９なのか20歳なのか、ボク、女の子の年齢を当てるのが非常に苦手なタイプなもんですから、全く分からないんですけど、割と小柄なポチャッとした娘でしたよ。

で、そう言われて、

「うん、いいよ」

って、すぐ言ったんだ（笑）。

「友達になりません？」

「うん、いいよ」（爆笑）

って、その前のめりなヤラシイ男ね（笑）。ちょっと躊躇すればイイのに、自信がないから、即答して、……で、その女の子もちょっとやや怯《ひる》んだんですよ（爆笑）。声かけといたくせにね。

それで、

「住所、訊いてもいい……」

って、突然訊いて来たんですよ。凄いでしょう。

「住所と名前、教えてください」

って、その女の子が来て、

「ああ、そう。いいよ、教えても。……それでどうすんの？」

って、

「今日は、これでさようならです」

って、言うの（笑）。

「はぁっ？」

って、言ったの。突然、「友達になろう」って言われて、住所と名前だけ教えて去っていく女の子って、どういう女の子（笑）？　そんな恐ろしい女の子、いるんですか？　ボクは、それが分かって、

「ちょっと待って。飲みに行こう」

って、言ったの。

「はっ？」

って、言うから、

「いや、『はっ？』じゃなくて、これからカラオケとか飲みに行こう、２人で。友達になりたいんでしょう？　それは友達でしょ？　そしたら教えてあげるよ」

って、言ったの。そしたらそのあと、その子は何て言ったか？

「そんなことは出来ません」

どんな友達なんだ（爆笑）。

「何やってるんですか？」

それを訊いて来るから、

「……ボクね、落語家なんだ」

って、言ったの。

「知ってる、落語家って？」

「……はぁ、はい、はい、はい」

みたいなことになって、

「え、え、えっ、名前何て言うんですか？」

って、来たときに、ボクも即答だからね、殆ど考えてる思考じゃないんですよ、この場で反射的に、……今にして思うと、「なんでそんなこと言ったのか」と思うんだけど、言ったまま喋りますよ、今ね。その女の子に何て言ったか、

「いや、名前は悪いけど告げないよ。これからボクは有名になるかも知れない（笑）。なったときに分かるよ、テレビ観れば。『あの人だな』って、テレビも出ないで有名にならないような噺家は覚えておく必要がないから……、じゃ、さようなら」（爆笑・拍手）

って、こう言って去ったんだけど……。アッハッハッハ、オレは何者なんだ？　20歳そこそこで、そう言ったんだ、その娘に。……そのあと、何年後かな。1回ね、センター街を通ったら、その娘がいてね。一瞬目が合ったときに、「はっ！」って、向こうが言ったのを、ボクはなんか恥ずかしくて、それを言ったこと覚えてるから。自分から目を伏せて通り過ぎて、それ以来なんですけれどもね。そんな思い出があるのが、（指さして）ここですねぇ（笑）。……自分で言っててバカバカしくなっちゃう（笑）。本当に申し訳ない。そんな思い出がある渋谷ですよ。

この渋谷ヒカリエっていうところの住所は、渋谷2丁目21番地の1号ってとこなんですね。渋谷っていうね、名前の由来は何にあるのか？　いろいろな説があるようなんですけど、一番間違いがないのは谷であるってことですね。

ここが谷だから渋谷っていうね。どれほど渋かったのかは、ボクには分かりませんけれども（笑）、宮《みや》益坂《ますざか》と、金王坂《こんのうざか》っていうとこに挟まれてるんですね、ここはね。向こうに道玄坂《どうげんざか》ってのがありますね。公園通りってのが、坂になってますね。途中、スペイン坂もあるでしょう。２４６のほうに行くと、あっちには、桜丘《さくらがおか》っていうのがあって、南平台《なんぺいだい》ってのがあって、代官山ってのは、みんな高いところの地名ですね。こっち側が谷ですよってことになる訳です。だから、四方八方から坂で囲まれた、言ってみると、この……、谷のこれ底ですよね。すり鉢の底みたいになっています、渋谷《ここ》っていうのは。底だからなんでしょうかね？　交差点なんかでね、人が溜まっていくっていうのは……（笑）。そういうことかどうかは分かりませんけれども（笑）、とにかく東京は坂が多いってことなんですね。

下町と山手っていうじゃないですか？　このあいだを繋ぐのは、みんな坂ってことですから、坂の町名が多いのかも知れませんね。

「本郷もかねやすまでは江戸の内《うち》」っていう古い川柳があるんですよ。……なんかちょっと、古典っぽいですね、これねぇ（笑）。

今の本郷三丁目の交差点の角にかねやすという雑貨屋が、今でもあって（２０１７年閉店）、それがその川柳でも読まれた江戸から続く雑貨屋さんだそうです。その上にはビルとかいっぱい建ってますが、当時は、「そこまでは江戸ですよ」っていうことなんですね、その川柳はね。当時ってのはいつを指すかっていうと、『暴れん坊将軍』のいた時代です。八代吉宗ですか……、あの人がいた頃、ちょうど江戸時代の中頃ということになるでしょうね。そのあと、江戸はドンドンドンドン広がっていって、今の東京と落ち着くんですけれども、この東京にもその江戸の名残っていうものが、あっちこっちにまだあるんですよね。

見つけようと思えば……、神楽坂《かぐらざか》って場所があります。ここも坂がついてますね、名前にね。やっぱりこの町名に江戸っぽいのが幾らも残って、そんな中に箪笥町《たんすまち》とかね、納戸町《なんどまち》、細工町《さいくまち》なんかありますね。それぞれ、その所縁《ゆかり》の人が住んでいたことから、そんな町名が付いたってんですね。

市谷山伏町《いちがややまぶしちょう》なんていうところもあります。その名の通り山伏……、修験者がいて、おそらくわたしの考えでは朝っぱらから、法螺貝《ほらがい》かなんか吹いてね、ウォーオ～、ウォーオ～ってね（笑）。皆、集まってますから、あっちこっちで、ウォーオ～、ウォーオ～って（爆笑）。鶏が鳴く隙もないようなね、ウォーオ～、ウォーオ～。これ嘘ですよ、皆さんね（笑）。そんなことがあったかどうか、分からない（笑）。ボクがイメージで勝手に喋ったことですから、聞き流していただければありがたいなと、話半分で聞いてください（笑）。

さあ、そんな東京神楽坂、……猫の多い坂、その坂を1本入った路地の脇に、4、5階建てのこぢんまりとしたビルがあって、1階は飾りめいた和風の瓦屋根が突き出たお店がありまして、中に入ると、そこはコンクリートのたたき、そして薄暗い照明があって、中には大小の壺、皿、茶碗そういった瀬戸物が置いてある。また、真鍮で出来たモノとかね、いろんなモノの細工物で、そこには人形とか置物とか、いろんなものがあって、飾り棚の箪笥とか、ごちゃごちゃごちゃごちゃと、いろんなものが置いてある……、お店といっても、よく言えば工房、悪く言うと作業場、もっと悪く言うと片づけられない人の部屋（笑）、……思い切って最悪な表現に踏み切ってみれば、「カメラは見た！　潜入ゴミ屋敷」ってこういう話ですね。さあ、そんな店に訪れたのが、茶髪で派手なファッションの若い男でして……、

（胸元に何かを抱えている）「ちぃーす！　……ちぃーす！」

（何か作業していて、振り返る）「あん？」

「あの……、ここ、お店っスか？」

「そうだよ」

「（周囲を見回し）ってゆーか、作業場？」

「ああ、そうだな。作業もやってるからな」

「ってゆーか、片づけられない人の部屋？」（笑）

「……確かに散らかってるな…」

「ってゆーか、ゴミ屋敷？」（笑）

「からかうなら、帰《けえ》っつくれ！」

「いや、いや、いや、違うんスよ。いや、あのう、スンマセンでした。……見たまんまを言っただけで」

「なお悪いや、本当にね。あっ、そうか…（何か引き出しをゴソゴソ探し）……ほい、ハンコ」

「えっ、ハンコ？」

「宅配便だろ？　それ」

「いや、いや、宅急便って、こんな恰好していないでしょう？　ええ、違いますよ」

「……ああ、そうだなぁ、宅配便は制服着ているもんなぁ……、そんなぁ、近所の不良みたいな恰好してないもんな」

「いや、これね、ストリートファッションっていうんスよ。分かってないっスね」

「何でもいいや、で、そのストレートが、どうした？」

「ストリート！　……ま。(箱を前に) これね、修理してもらいたいと思って持って来たんですよ」

「……ああ、なんだ。お客さんなのか、ああ、そうか、じゃぁ、こっちへ入って、そこへ座ってくれ」

「(箱を置いて) これね、ウチの祖父《じい》ちゃんが、大事にしてた茶碗が入ってんですよ」

「ほう」

「その祖父ちゃんねぇ、今年、死んじゃって、遺品の整理してたら、この茶碗が出てきて。……よく見たら、欠けててさぁ。親父は、『こんなモン捨てちまえ』って、そう言うんだけど。でもねぇ、オレ覚えてんだぁ。祖父ちゃんが、なんか昔言ってたなぁ、……オレがガキの頃だよ、『これは、値打ちものの茶碗なんだぞ』って。確かに言ってたからね。だから、オレさぁ、修理したいと思って……」

「ほう、そうか。それで、ウチへ？」

「ああ。ネットで調べた、出て来たよ。カタカタカタカタ (キーボードを高速で打つ所作)。……茶碗・スペース・修理・スペース・安い……ってね (笑)。それで、出て来たから……」

「たしかにウチは、陶器ばかりじゃなくて、いろんなものを修理するからな。まぁ、それでもね、見る前に言うのは、なんだけどなぁ……、多分、あんまり値打ちは無いぞ」
「えっ、欠けてるから？」
「欠けてる、欠けてないは、関係無いな。……まぁ、自分は一介の修理職人で、鑑定家ではないがな、大体、その壺とかな、茶碗とか、自分が思っているより価値が無いと思ったほうがいい」
「そんなことないっしょ？　だって、汚い太鼓だってねぇ、三百両でお殿様が買ったって噺がある」（爆笑）
「……えらいことを知ってんだなぁ（笑）、落語が好きなのか？」
「全然。あのう、渋谷でね、何か聴いたんだよね、ヒカリエで」（笑）
「ほう、金払って聴いたのか？」
「ううん、カーテンの外から聴いた」（爆笑・拍手）（※この日、この落語の前に古典落語『火焔太鼓』を一席演じていたから）
「しょうがないな、そんな……。いや、いや、いや、そんなことじゃない。どうせ信じるならばなぁ、毎週やってんだろ、蝶ネクタイを付けてさぁ（笑）、（フリップを上げる所作）ジャカジャンって、ほら（笑）。今年になって、落語家が入ったじゃないか」
「ああ！　観たことあります。『なんでも鑑定団』、……あれでも、落語家が入ったことって、意外と観てない人は知らないんだよね、うん（笑）。で、観ようと思うと、松尾伴内さんだったりするから（笑）、『ウソ』とか言われて、……そうだよね。……観たことがある。あれねぇ、『出張鑑定』ってぇの、５百万とか書いてね、♪　ジャカジャンって上げると、赤でピヤァッて消されて、五千円みたいなぁね。で、当人はもの凄く落ち込んでるのに、周りがもう、少なくなればなるほど、『ウワァーッ』って盛り上がるね（笑）。あの、辛辣な番組？」（爆笑）

「そうだなぁ、あれも聞けば18年もやってるらしいからなぁ。ああ、そろそろ日本人は気づくべきだな、殆どが偽物だってことにな（爆笑）。だけど、中には本物があるから紛らわしい。まぁ、そんな話はどうでもいい。だから、つまりなぁ、……お前さんの祖父さんの持っていた物をくさす訳じゃないんだよ。でもなぁ、価値があると思って修理をするんであれば、やめたほうがいい。するだけ無駄だ、な？　金の無駄だ。このまま持って帰んな」

「……いや、違うんです。そうじゃないんスよ。オレ、ガキのとき、祖父ちゃん家《ち》に遊びに行くと、この茶碗で抹茶を点てて飲ましてくれたんだ。でもねぇ、苦くって、『うげ～～っ』て顔してて……」

「そうだろうな。子供には抹茶なんて苦いもんだ」

「でもね、そのあとに甘～い菓子が出て来て、食ったこともねぇような、……和菓子？　凄い美味くて、何か行く度に違って、楽しみにしてたら、祖父ちゃんは、『ちゃんと、茶を飲まなきゃいかんぞ』って言うから、飲む度に『うげ～～っ』て顔して（笑）、で、その顔が『おかしい』って言って、いつも祖父ちゃん笑うんだけど、そういうこと全然忘れてた。でも、遺品が出て来て、それをパッと見たときに、『うわぁ～！』って思い出して、『あぁ、そうだ、祖父ちゃんとこんなことがあった。あんなことがあった』って……。そうしたら、急にこれを手放せなくなって……。いや、未だにねぇ、抹茶とか、そんな飲みたいとは思わないんだけど、……でも、これさぁ、何を飲んでもいいんでしょう？　これで。オレ、これでコーラとか、ミロとかを飲みたいからさぁ（笑）。で、『飲もう』と思ったら、大きく欠けちゃってて、ここのところ。こんなになって、これ、漏っちゃうからさぁ、『これ、修理とか出来んのかなぁ』と思って、で、ネットで調べたら、ここ分かったからさぁ。……で、いつもこれでミロを飲んでいたらさぁ、祖父ちゃんのことをいつも思い出せるから……」

「気にいった！　…そうか、見た目と違っていいとこがあんじゃねぇか」

「見た目は余計でしょう（笑）。これ、直せますか？」

「分かった。そういうことなら修理させてもらおう。どれ……（箱を引き寄せ、包みをほどき）……ほう。ちゃんと桐の箱に入ってるんだな。ちゃんと、銘が……、墨が薄くてな、よく読めないけど書いてあるな、……え〜と、青井戸茶碗か……。井戸の茶碗⁉　……はっはっはっ」

「なに笑ってんだよ。祖父ちゃんのものを！」（笑）

「いや、悪い、悪い、勘弁してくれ。いや、お前さんは分からないかも知れないがな、井戸の茶碗てのはなぁ、たいそう値打ちのもんでな、いや、こんな物の本物があったら大変だ。こんなところにある訳が無い。偽物にしてもな、もうちょっとなぁ、〝らしい〟偽物を作って……、アッハッハッハ、偽物がここにある。よくまぁ、井戸の茶碗にしたと思って、それが、おかしくって」

「失礼な奴だな。だって、分かんねぇでしょう？　本物かも知れない……」

「いや、アハハ、まず本物は無い。（箱を開けながら）いやぁ、それはなぁ、だったら、私が見て分かる。

本物の訳がない。こんな修理職人が見たってなぁ、偽物だってすぐ分か……、(箱の中を見て絶句)……これは！」

「えっ？　えっ？」

「(箱から取り出し)……はぁー……、(いろんな角度で見つつ)いやぁー……、どっから見ても、間違いなく……」

「間違いなく？」

「……普通の茶碗だ」

「んだよ！　それ、思わせぶりなぁ……」(爆笑)

「いや、あまりにも普通で絶句したなぁ、これなぁ(笑)。見事なほど、普通だよ(笑)。これほど普通のモノをこんな箱に入れて……、いやぁ、普通過ぎて参った」

「むかつくな、その言い方」(笑)

「勘弁してくれ。……いや、いい。いいんだよ。普通でいいんだ」

「え、どういうこと？」

「あのな、その井戸の茶碗って奴もそうだがな、何十万、何百万とする茶碗は、みんな昔は中国・朝鮮で作られたってんだな。それは向こうでは普通に使ってたもんだ。それが、千利休なのか誰かが、『これは素晴らしい！』と言ったから、値がついて今にある。そういうモノなんだ」

「あ、そうなんスか」

「うむ、こういう普通のモノをちゃんと修理して、いつまでも使おうってのは、一番いいことだ。（手にとって）ああ、ここな。こんなに大きく欠けちゃって、ここな」

「大丈夫ですか、それ。直ります？」

「大丈夫、パテでもってな、埋めようじゃないか」

「パテ？」

「ああ、本当だったらなぁ、本漆《ほんうるし》でもって、金継《きんつぎ》なんて修理するんだけどもなぁ、それじゃ時間もかかるしなぁ、値段もかかる。それよりもな、最新式のプラスチック・パテで……、これはなぁ、なかなかいい仕事をしてくれるんだぞ。これだと安いし、早く出来る。うん、ちょっとお前さん、そこで待っててくれるか？」

「ちょいッス！」

職人は棚から何かチューブのようなものを取り、そこからパテを出し、それをゆっくり手でこね、茶碗の欠けに埋めていく……という手順を行いながら、

「……この町は、昔は、焼継町《やきつぎまち》って、そう言ってな」

「焼継？」

「昔はねぇ、こういう瀬戸物なんかが高価《たか》かったからなぁ、欠けたり割れたりしてもな、また修理して使ったもんだ。それもなぁ、今、言うように漆や金継なんて高いだろう。だから、別なもんで代用して、ふのりであるとかな、別なものを使って安くあげて、それを繋ぎにして、まぁ、七輪の火でもって焼き直し

た。それで、焼継って言うんだ」

「ああ、焼いて継ぐから、焼継」

「そうだな。まぁ、江戸時代の初代の頃はな、ウチも久兵衛といって、この焼継が得意でな。この町内も焼継職人が多かった。焼継の久兵衛さん、『継久《つぎきゅう》』と呼ばれて、それがウチの店の看板、名前になったってんだ」

「あっ、これ、『継久《つぎきゅう》』って読むの？　読めなかった、俺、ナントカ久と読んでね（笑）。『何て読むんだろう？』って思っててね。えっ、ここ、なに、江戸時代からあるんスか⁉」

「そうだな、江戸時代からあるんだ。まぁ、江戸時代から継久と呼ばれていてもな、今じゃ、こうしてな、パテなんてのも使うから、『パテ久』と呼ばれてもいいかも知れないな（爆笑）。……ここんところだな、こうして、こうな……、ドンドン、グイグイと、……こうやってあいだに埋めていけばいいんだな。こうして、……グイグイグイと……」

　職人はグイグイグイ、この欠けたところに押し込んでいきますね。押し込むほうは、いいんですけど、押し込まれたほうの気持ちって、皆さん、……どうです（笑）？　突然、こんなことを問われても（爆笑）。

　つまり、茶碗の気持ちですよ。陶器ですよ。そこへプラスチックのモノが入って来たら、どう思います？　皆は……。

＊

「(股間に何か押し込まれた所作) オイ、オイ、オイ、オイ (爆笑・拍手)! 待て、待て、冗談じゃねぇな、おい。入って来るな、変なモノがよ! なんだ、お前?」

「ちぃわーっす、パテっす!」(爆笑・拍手)

「……何だ、お前? パテ? お前、陶器じゃないな?」

「ええ、プラスチックっス」(笑)

「おいおい、プラスチックぅ? そんなもんが、俺にくっつく訳ねぇだろ」

「大丈夫っスよ、くっつきますからぁ、ええ。ヨロシク!」(爆笑)

「軽いなぁ、本当になぁ……。大体なぁ、くっついたにしてもな、俺とお前とじゃ、カラーが違う。肌合いが全然違うだろ」

「大丈夫っスよ、俺、今ね、こんなキラキラしてますけど、このキラキラしたプラスチックは、段々ねえ、いいカンジにねぇ(笑)、何かくすんで馴染みますから、大丈夫ッス、先輩!」

「先輩とか言うんじゃねぇよ(笑)。なんだよ、こっちはず〜っとなぁ、以前から茶碗やってんだ(笑)。そんな新米のお前になぁ、この茶碗の伝統が分かるのか?」

話をしていると、奥のほうから、

女「ほほほ……、黙って聞いてれば、お前さんもいっぱしの口をきくようになったじゃないか」

「えっ! だ、誰だ? (キョロキョロして、後ろを見て) はっ、あなたは?」

女（後ろから）「あたしは、元々のこの茶碗。あんたは、あたしの欠けた部分に押し入《い》って入《はい》って来た粘土パテじゃないか」（笑）

粘「あちゃ〜〜」

プ「え⁉　先輩、そうなんスか？」

粘「……うん、まあな」

女「あれは明治の終わり頃、落っことされて欠けたんで、あいだを埋めるためにあんたが入ってきたんじゃないか。そんな新入りのあんたに、この茶碗の伝統が語れるのかい？」（笑）

って、言うと、また、奥のほうから（爆笑・拍手）、

旦「ふははは……、黙って聞いていれば、いっぱしの口をきくようになったな」

女「あら？　誰なの？（キョロキョロして、後ろを見て）はっ、あなたは？」

旦（後ろから）「フッフッフッフ、儂《わし》はここの元々の茶碗（爆笑）。お前さんは、私の欠けた部分に押し入って入って来た金継パテじゃろう」

女「あらぁ〜」

旦「あれは江戸の寛政時代だったたな、儂が落っことされて欠けたんで、お前さんがあいだに入ってきた。そんな新入りのお前に、この茶碗の伝統が語れるかのう？」

言っていると更に奥のほうから（爆笑）、

婆「ふおっ、ふおっ、ふおっ……さっきから聞いておりゃ、生意気なことを言うじゃないかい」
旦「お、この声は？（キョロキョロして、後ろを見て）あっ、あんたは!?」
婆（後ろから）「わたしが、元々のこの茶碗（笑）。わたしの欠けたところに、あんたが入って来た本漆パテじゃないか」
旦「あ、あー、それは……」
婆「あれは安土桃山時代に（爆笑）、わたしが落とされて欠けたんで、お前さんが入ってきたじゃないかえ。そんな新入りのお前に、この茶碗が語れるかえ～（見得を切る）？」（爆笑）
プ「歌舞伎みたいな人がいるんですね（笑）、この中にはねぇ？　ビックリしましたよね、粘土パテ先輩」
粘「本当だな、何だかエライことになってるな、おい、プラ公」（笑）
プ「（はるか奥を覗き込み）でもねぇ、『自分が元の茶碗だ、元の茶碗だ』って、皆、言ってますけれども、……これ、どこまでが茶碗で、どこまでがパテなのか（笑）？　もう、分からないっスよね（笑）」

＊

茶碗の中は、こんな大変なことになっていますね（爆笑）。そんなことを知らずに、この職人はグイグイと、このプラスチック・パテを押し込んで、さぁ、形を整えると、

「よし……、出来た。プラスチック・パテは乾くのが早いからなぁ」

「うわっ、本当だ！　凄いスね。上手く、こうねぇ、出来ましたよね」

「うん、これはなぁ、明日になれば、上手く、こう、なじんで、陶器みたいな感じになるよ。ほい（渡す）」

「（受け取って、しげしげ眺め）……これだ。……祖父ちゃんを思い出しますよ。捨てないでよかった。捨てようかと思っていたから……、これで祖父ちゃんといつもいるような感じに……、凄いスね。こんなふうにちゃんと修理が出来るんスね（茶碗をそっと置いて、いきなり土下座）。すみません！　お願いがあります！」

「おい、おい、なんだよ。急に土下座なんかして」

「オレを、弟子にしてくださいっ！」

「弟子だぁ？」

「オレ、学校出てから、フリーターやって、プラプラしてたんス。自分、何をしていいのか分からなくて、でも、今、見て、ああっ！　ビビッと来たんで……（笑）。自分にはこれしかないって、今、思った。お願いします。この修復の職人にしてください。オレを弟子にしてください。お願いします。ヨッロシクゥ！」

「軽いなあ、最後はなぁ（笑）。でもなぁ、この店とお前とじゃ、カラーも肌合いも随分違うぞ」

「ええ、それは大丈夫っス。今、こんなチャラチャラしたストリート・ファッションだけど、オレ、そのうちイイ感じにくすんで（爆笑）、店に馴染むと思うんで大丈夫ッスよ、先輩！」

「おい、先輩なんて、気安く呼ぶんじゃねぇ！　大体、俺はず～っと昔からこの店でな、修理職人やってんだよ。そんな新米のお前に、この店の伝統が分かるのか？」

言ってると、奥のほうから（爆笑）、

女「ハッハッハッハッハ、さっきから黙って聞いてればさぁ、ええ、生意気な口をきくじゃないかい？いっぱしの口をきいて……」

「おっ？　誰だ？（キョロキョロして、後ろを見て）おっ、おかみさん！」

女（後ろから）「あたしは、この店のおかみ（笑）。あんたは言ってみれば、この子と同じようにむかし弟子志願に来た男じゃないか？」（笑）

職「あちゃ～～」

「え!?　先輩も、そうだったんですか？」

職「……まあな」

女「あれは昭和の終わり頃だったわね（笑）。職人募集のビラを見て、あんたが入ってきたんだろ。そんな新米のあんたに、この伝統が語れるのかい？」

言ってると、また奥のほうから（爆笑）、

旦「（杖を持つ所作）フッハッハッハッハッ……、さっきから聞いてれば、随分といっぱしの口をきくようになったたな」

女「あら？　誰なの？（キョロキョロして、後ろを見て）あっ、あなた！」

旦（後ろから）「わしこそが、ここの跡継ぎだ。言ってみればお前は、途中からここに嫁いできたヨメじゃないか」（笑）

女「あらぁ～」

旦「そんな新米のお前に、この家の伝統が語れるか？」

さぁ、言っていると、座敷の奥のほうの襖がスゥーッと開いて、布団が敷いてあって、そこから手が1本伸びて来て（爆笑）、

婆「ふおっ、ふおっ、ふおっ、……随分生意気な口をきくじゃないか？　いっぱしの口をきいて……」

旦「おっ、その声は……（キョロキョロして、後ろを見て）、ああっ、おっ母《か》さん！」

婆（後ろから）「わたしはここの大おかみだよ。お前は、出来の悪い息子じゃないか」

旦「あちゃ～」

婆「あたしがねぇ、ここを仕切っているんだよ～。そんなお前にねぇ、ここの伝統が語れるか？」

「先輩、凄いのが生きているんですね（爆笑）、ここにねぇ」

職「俺だって、3年前に1回見ただけなんだよ（爆笑）。この家の都市伝説になっているぐらいだからなぁ」

「じゃぁ、生まれは、安土桃山時代？」

職「バケモノだよ！　それじゃぁね」（爆笑）

「先輩お願いしますよ。オレがここで弟子になれるように、頼んでくださいよ！」

職「ああ、そうだな……、（後ろを向き）あの、おかみさん、弟子志願です」
女（後ろを向き）「あんた、弟子志願だって」
旦（後ろを向き）「おっ母さん、弟子志願だ」
婆「（耳が遠い）……なんだって？」（笑）
旦（後ろから前を向き）「なんだって？」
女（後ろから前を向き）「なんだって？」
職（後ろから前を向き）「なんだって？」
「『なんだって』じゃねぇよ！　先輩までがさぁ、めんどくせぇな！」
職（後ろを向き）「ええ、めんどくさい」
女（後ろを向き）「めんどくさい」
旦「めんどくさい」
婆「はぁ、めんどうくさ……、なんだって（爆笑）？　めんどうくさいとは……」
旦「そういうことじゃないんだよ。そんな男はダメだ。生意気だ」
女「生意気ぐらいがちょうどいいんじゃない？」
婆「なんだって？」
旦「あ、お前、若い男がいいからって……」
女「そんなことないわよ。バカじゃないの！」

婆「なんだって?」(爆笑)

「話がバラバラだよ、これぇ。滅茶苦茶で収拾がつかないよ、これぇ。ダメだ、これ。叱られる前に、逃げたほうがイイや。茶碗だけ持って逃げよう」

職「おい!」

「あ、あ、あっ! はい!」

職「おめえをどうするか、今、俺が決めたぞ」

「えっ、すいませんでしたぁ!」

職「採用だ」

「……へっ⁉ さ、採用って、ちょっと待ってくださいよ。だって、みんな、まだ揉めてるじゃないですか? 話がバラバラですよ」

職「バラバラでいいんだ」

「えっ? どうして?」

職「いいか、この店も、人も、茶碗も、バラバラを繋ぐにゃ、新しいパテが必要なんだ」

愛知『なごやか爺さん』

【登場人物＆前説】

★おもな登場人物

なごやか爺さん……　好々爺。「なごやか体操」なるものを提唱し、広めている。

男……　東京のごく普通の人間。

愛知八人衆……　秘密エージェントたち。お庭番。

名古屋には何度も行ったことがある。好きな街だ。しかし、だからといってそれで愛知県を知っていることになるだろうか？……といつも秘かに思っている。

というのは、私は山口県出身だが、以前ＣＭで、

「おいでませ山口へ」

というフレーズを聞いた時にビックリしたからだ。

「そんな言葉、はじめて聞いた！」と。

私は山口県でも西の端っこで生まれ育ったので、県の中央に位置する山口市のことをよく知らない。全国の人が山口県について触れる時、「山口県＝県庁所在地の山口市」で語ることに違和感を持っていた。

これは全国どこの県でもあることだ。きっと愛知県各地の方も、「愛知県＝県庁所在地の名古屋市」で語られることにモヤモヤした感情があるのではないか……という思いから今回の落語ができた。

２０１６年９月９日　名古屋市・東別院ホール

名古屋は大都市だから、県内各地の要素を吸い込む引力が強い。なんなら、隣県の岐阜や三重の要素すら吸い込んで自分のものにしてしまう。それも面白い。

ところで、以前、名古屋出身の友人と話をしていた時、ごく自然に、

「三英傑が…」

という言葉が出てきて、「え？」と思ったことがある。

意味するところは「信長・秀吉・家康」だとわかる。だが、ちょっと待ってほしい。

三人の傑出した人物のことを三傑とか三英傑と呼ぶ。それはいい。しかし、時代と場所とジャンルによってさまざまな三傑・三英傑がいるのだ。本来は「戦国の三英傑」と注釈付きで言わなければならないところ、その説明なしで全国的に通じると思っているのが地元愛にあふれていて、微笑ましいと思った。落語のタネはいろんな所に転がっているのだ。

この落語は前の日に東京で演じ、翌日に名古屋で演じた。なごやか体操の動きのところは現地名古屋の方が圧倒的に受けていた。だから花緑さんもノッて長く演じ、ナガオカくん、アイマくん、フジイくんなどというアドリブも入れたようだ。ちなみに、Ｄ＆ＤＥＰＡＲＴＭＥＮＴ代表のナガオカケンメイさんと、ｄ47トラベル誌の相馬編集長と、藤井青銅のことだ。誰の事だかわからないお客さんもいただろうが、とりあえず受けていたのでほっとした。

好々爺の「なごやか体操」

◉ 基本形

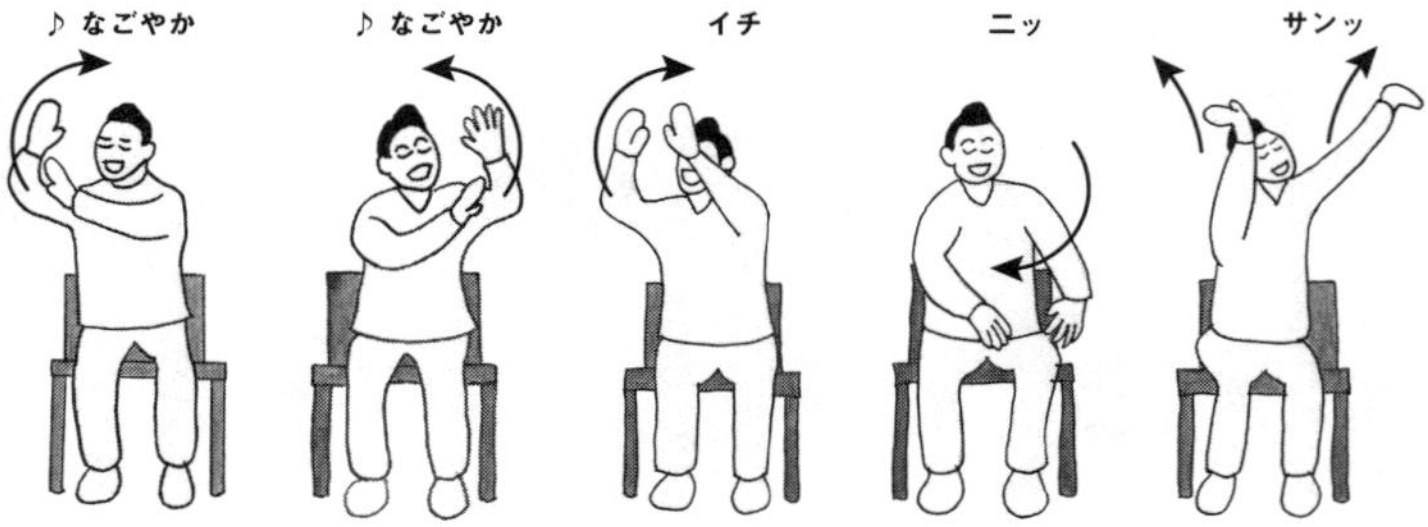
♪ なごやか
♪ なごやか
イチ
ニッ
サンッ

◉ アイーン

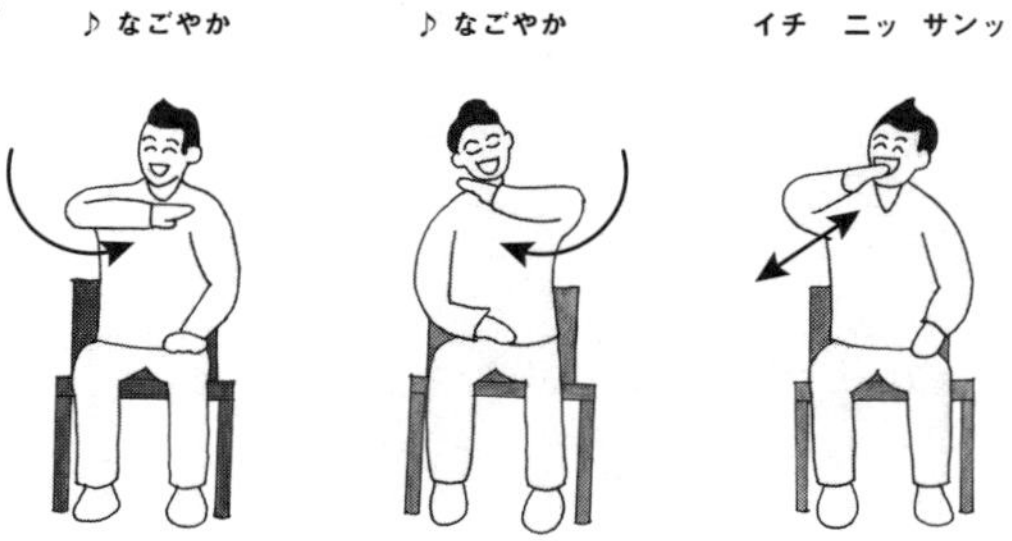
♪ なごやか
♪ なごやか
イチ　ニッ　サンッ

◉ コマネチ

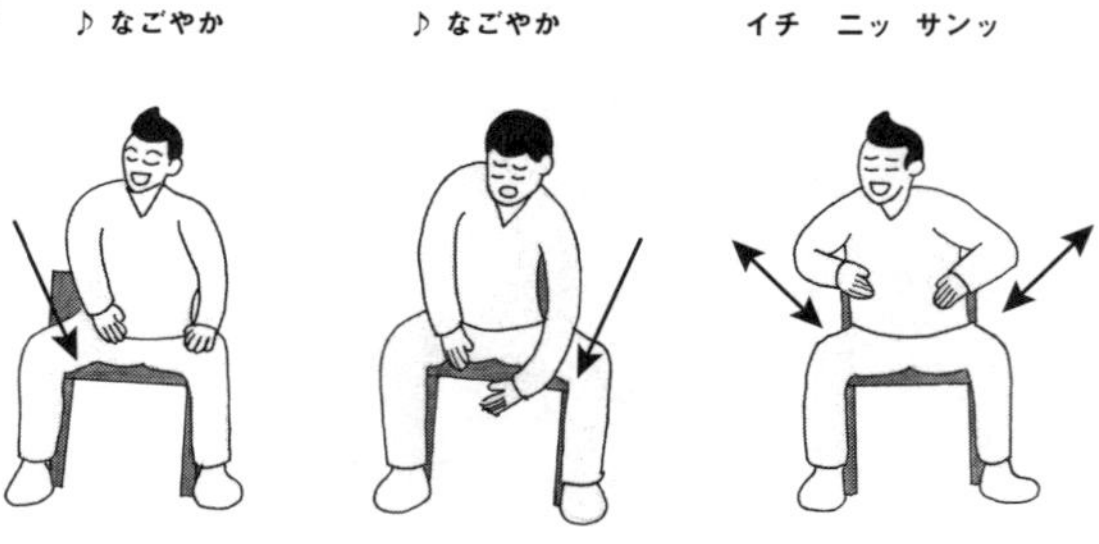
♪ なごやか
♪ なごやか
イチ　ニッ　サンッ

英雄とか、豪傑とかスーパースターって、よく言うじゃないですか？　……あの、「スーパースターって、あなたにとって誰ですか？」って、もしボクが言われたら、真っ先にパッと思い浮かぶのが、矢沢永吉さんですね。これ、人それぞれだと思いますけれども、……何でしょうね、いわゆる子供の頃からの刷り込みだと思います。わたくしの母が、永ちゃんのファンなんですよ（笑）。子供の頃から、……子供の頃って、わたくしが子供の頃からね、……レコードの時代ですよ、『時間よ止まれ』とか、凄い聴いてた訳。それを聴いているあいだ、凄い時間が止まっていた訳ですよ（笑）。そんな幼少期を送ったもんですから、矢沢永吉っていうと、何かスーパースターって感じがありますね。そのあとは、やっぱりマイケル・ジャクソンです、わたしは、はい。最初に来日した後楽園球場コンサートに行きました。

初めて来日したのは、確か京都ですか？　あ、誰も知らないですね（爆笑）。ぼくの不確かな情報は、要らないですね（笑）。何かね、今日、来るときに、東京駅の、なんかビデオみたいなところに、パッと出たんですよ。何年前の今日、マイケル・ジャクソンが初来日したみたいな……。多分、間違ってたらごめんなさい（爆笑）。そんなんですよ、はい。行きましたよ。だから、後楽園球場と東京ドームに行ってるんですよ、２回。ただわたしが観たマイケルっていうのは、２ミリぐらい（爆笑）。アリーナの上のスタンドのほうにいましたから……。だから、ムーンウォークも指の先ぐらいの大きさで（爆笑）、……大画面があるから、「ああ、演ってんだなぁ」っていうことが分かりますけれども、生は、「（小声で）ポゥッ」、指先の上を動いてる（爆笑）。それでもね、一つの空間にいるんだっていうことは、結構なことでしたよ、はい。幸運でした。嬉しかったですよ。それに不満は何もなかったです。そう思うと、今日なんか全てアリーナ席ですよ（爆笑）、一番後ろだってアリーナ席ですよ。だから、マイケル・ジャクソンですねぇ。

ぼくは実は、ブレイク・ダンスを特技としている落語家なんですよ（……拍手）。……いや、いや、いや（爆笑・拍手）、アッハッハ、何かのフリじゃないですよ（笑）、これ、別に。でも、落語に一切生かされないいんですよ（笑）。ブレイク・ダンスっていうのは、そうでしょう？（椅子から立ち上がって、ブレイク・ダンスを披露）こんなこと、全然活かされないでしょう？（拍手）……落語を聴きに来ているのに、ブレイク・ダンスを期待しないでしょう（爆笑）。「今日のブレイク・ダンスは、どうか？」って、ならないでしょう（爆笑）。期待しないでしょ。

全く無駄なんですけれども、ブレイク・ダンス、……ムーンウォークを覚えたのはねぇ、中学校2年生ぐらいのとき、……そのマイケル・ジャクソンが師匠だと言いたいんですけど、……違うんです。最初に見ちゃったムーンウォークは、田原俊彦さんです（爆笑）。『ザ・ベストテン』って番組で、彼が出たときに、

「（田原俊彦の口調で）マイケル・ジャクソンが演ってたんスよねぇ～」（爆笑）

って、ツーッと滑るようなステップに衝撃を受けて、そっから覚えたという。ぼくの師匠は、トシちゃんという悲しい歴史があるんです（爆笑）。悲しがることはないいんですけれども（笑）、マイケル・ジャクソンが、ぼくの（芸の）親だと言いたかったんですけれども、そうじゃないんですね。でも、まぁ、それから自分で覚えて、いろいろ演ったんですけれども、……だから、スーパースターですっていう話です。

わたしの話は長いね、脱線が多い。これじゃ、愛知落語に入れない（笑）。だから、こういうね、スーパースターが3人集まると、ビッグスリーとかトップスリーとかって言うんですよね。だから例えば、今、パラリンピックがまた始まりましたけど、オリンピックでいうところのね、卓球だったりすると、……卓球といえば、愛ちゃんも結婚してね、ビックリしました。それに奮起して、錦織《にしこり》選手は準決勝に行けたよね？（笑）……違ったか？　大きなお世話ですね、それは（笑）。だから、卓球でいうと、福原、石川、伊藤みたいなところですか、ね？　ビッグスリー、トップスリーということになります。

お笑いとかも言えるでしょう。お笑いのビッグスリーは、やはりタモリ、たけし、さんまみたいなところは、みんな思うところですよね。落語界だってそうですよ。落語界のトップスリーは、言うのを控えさせてください（爆笑）。だから、お坊ちゃんビッグスリーなら、言えますよね。米團治、正蔵、花緑みたいのは（爆笑）、……自分で言ってるのは世話が無いんですけれども……。で、英雄3人が集まると、三英傑ってことを言いますよね。

これはどのジャンルで当てはめてもいいんですけれども、まぁ、この愛知県で挙げれば、もう、これは一つしかありませんね。織田信長、豊臣秀吉、徳川家康ですよね。これねぇ、是非、今日訊いてみたかったんですね、どうなんでしょう？　県内の人たちから見ると、御贔屓は分かれるでしょう？　御贔屓って、別にこの3人、芸人じゃありませんけど（笑）、……やっぱりこっちの名古屋のね、尾張の地方のほうは、やっぱり織田信長、豊臣秀吉の贔屓じゃないかと……。でえ、やっぱり、三河の東のほうになると、徳川家康の贔屓じゃないかと、勝手に思っていますけれども。……（会場を見渡す）ああ（笑）、難しいねぇ。首が、頷く人と、横に振る人と（笑）、固まって何にも動かない人と……（爆笑）。岐阜の人は、「まぁ、どっちでもいいやぁ」って感じかも知れません（爆笑・拍手）。

そうなんですよ。外の人から見れば、……県外から見るとねぇ、別にそれは大きな問題ではないんですが、でもやっぱりその地元とかっていうことになると、もっと強い気持ちがあるんじゃないかと、こっちは察する訳ですよ。

噺は、東京の都内某所からはじまります。

小さなビルの1階に、看板が掲げてあります。ヒノキの一枚板ですね。あんまり上手くはない墨の文字が黒々と書かれている。

『いつもニコニコ　なごやか道場』

と、書いてあります。……この「なごやか」というひらがなと、「道場」という漢字が、どうも、あんまりしっくりねぇ、嚙み合わない感じがするんですね。で、ここにいるのが、絵に描いたような、なごやかそ～うな顔をしたお爺さんでございます。眉毛なんか八の字に下がっちゃって、ニコニコニコニコ笑いながら、

「怒らず、騒がず。みんなニコニコ、なごやかに、なごやかに……、はっ、はっ、はっ……」（懐かしの浪越徳治郎先生の口調で）なんてね。……何か昔、こんな人がいたような気がしないでもありませんが……（爆笑）。こんな訳の分からない場所に、新しモノ好きの東京人が首を突っ込むのが噺のはじまりで

して……、

「こんちは……、どうも、あのう……、こちら道場って書いてあったんですけれども？」

「はい、はい、いらっしゃい。どうじょ、どうじょー」（笑）

「……駄ジャレを教えてくれるトコ？」

「いや、違いますがね、……いや、何というふうに表していいのか分からなかったものですから、『道場』と書いた看板を出しましたけれども、実際はですね、『みなさんが楽しく集う場所』という程度のものでして。まぁ、本当の名前は、そこに小さく書いてございますので……」

「え？　小さく……、ああ、本当に書いてありますねぇ。（それを読みながら）『日本なごやか運動推進本部』。やわらかいのかカタいのか、よく分からない名前ですね」（笑）

「はっ、はっ、はっ……、そうですなぁ」

「で、一体何の道場なんですか？」

「ははっ、何の道場と言われましてもねぇ。まぁ、ここは皆さんで美味しいものを食べて、楽しくお酒を飲んで、なごやかに過ごす場所でございますねぇ」

「何か食事するんですか？　……あ、じゃぁ、会費制で？」

「いえいえ、お金はいただきません」

「あれ？　それちょっと、おかしくないですか？　だって、そうでしょう。だって金も払わず、何か食べて、お酒も飲んでなんて、ありえないすよね？　おかしくないですか？」

「いえ、いえ、それでいいんです。ただその前に、ちょっと参加していただきたいことがございますが……」

「それだ！（膝を打つ）そりゃぁ、そうでしょう？　そんな、何か美味しい料理？　お酒？　で、そんななごやかに……、いやぁ、分かってます。……セミナーでしょう？　スキルアップとか言って、高い教材を買わされるんでしょう？」（笑）

「いえ、いえ、それは違います」

「……分かった。じゃぁ、壺だ（笑）。ツボを買わされるんだ。ああ、あれだ、羽布団とか（笑）？　気がついたら、『あっ、買っちゃった』って、そういう感じですか？」（笑）

「いえ、いえ、モノは売りません」

「え……、モノは売らない？　……（手を打つ）分かっちゃったぁ……、あれでしょう？　下手な義太夫を聴かせようって言うんでしょう？　聴いている者が七転八倒の苦しみをするという」（笑）

「なんのことでしょうかねぇ？」（笑）

「客席も、今、一瞬、『なんのことなんでしょう？』（爆笑）って……。古典落語ファンにしか分からないようなことを言っちゃったんですよ。言ってくれないから、こういうことになっちゃうんですから（爆笑）、お願いします、教えてください。何ですか？」

「はい、食事の前にですね、ちょっと体操をしていただきたいと思いまして……」

「……体操ですか？」

「はい。『なごやか体操』といいましてな。まぁ、これをすると身体がほぐれて、身体がほぐれ、お腹もすくという訳で……」

「あ、そういう話ですか……、その体操を広めるために、そんな食事会をしてるんですか？　わざわざ。へぇ～、……まぁ、体操ぐらいならやってもいいですかね」

「はい！　ものは試し。まずやってみましょう。なに、準備はいりません。そのままでよろしゅうございますよ。私が演りますことを真似ていただければ結構でございますから……、はい、参りますよ？（手拍子しながら）♪　なっごやか、なっごやか……、イチ、ニ、サン……」（笑）

「体操というより踊りですねぇ、それねぇ（笑）。……いやいや、やるって言ったんだから、やりますけれど……、（同様に）♪　なっごやか、なっごやか……、イチ、ニ、サン……と」

「そうです、そうです。♪　なっごやか、なっごやか……、イチ、ニ、サンのときにですね、パッと手を広げてください。で、出来るだけ背中をピーンと……」

「ああ、背筋を伸ばす運動なんですね。ハイ、分かりました。♪　なっごやか、なっごやか……、イチ、ニ、サン……？」

「そうです、そうです！　♪　なっごやか、なっごやか……、イチ、ニ、サンです」

「ああ、♪　なっごやか、なっごやか……、イチ、ニ、サン！」

「お上手ですね。今度はその腕を下に持って来てください。はい、♪　なっごやか、なっごやか……、イチ、ニ、サンです」（爆笑）

「コマネチですね？　それね（爆笑）。本当にやるんですか、そんなこと？　まぁ、やりますけれど……、♪　なっごやか、なっご」
「ああ、ちょっと待ってください。それ、ちょっと違いますね」
「え、違う……？」
「違うんですね。両手は均等にやってはいけないんですね。右手はまっすぐ下ろしてきてください。この左手は横から刺すように！（やってみせる）で、ちょっと左が低いほうがいいんですね」（笑）
「そんな細かな設定が必要なんですか（爆笑）？　……いやぁ、難しいものですね。……いや、いや、やります。やりますよ、ええ。（その通りにやってみる）♪　なっごやか、なっごやか……、イチ、ニ、サン……」
「上手いですねぇ！　あなた、以前どちらかでやってたことがありますか？」（爆笑）
「え！　どっか他でも教えているんですか？　こんなの？　いや、いや、いや、はじめてです」（笑）
「いや、よろしゅうございます。では、次はこうです。手を直角に肘を曲げてください。（身体の前で、肘をL字に決めて）で、指先《こっち》はピンと指を張ってください。♪　なっごやか、なっごやか……、イチ、ニ、サン！」（笑）
「まともじゃありませんねぇ、もうね（爆笑）。……『アイーン』のポーズじゃないですか？」（笑）
「ちょっと似てるかも知れませんね。はい、やってください」
「はい、やります。はい、はい、♪　なっごやか、なっごやか……、イチ、ニ、サン……」

「そうです、そうです！　♪（前回とは違う動き）なっごやか、なっごやか……、イチ、ニ、サン……」
「変わってるじゃないですか？」（爆笑）
「いいんです、ドンドン、これはねぇ、ドンドン変わっていく。変化をしていくんです。今、作っていると言っても良いくらいです」（爆笑・拍手）
「大変ですね？　いろいろある。……♪　なっごやか、なっごやか、なっごやか……、イチ、ニ、サン……」
「はい！　♪（初めての動き）なっごやか、なっごやか……、イチ、ニ、サン……」（笑）
「はい！　♪（違う動き）なっごやか、なっごやか……、イチ、ニ、サン……」（笑）
「はい！　♪（さらに違う動き）なっごやか、なっごやか……、イチ、ニ、サン……」（笑）
　呆れておりますが……、こんなふうに体操とも踊りともつかない動きを散々やって、ひと汗かいて、
「さあさあ、食事が出来ました。どうぞ、召し上がってください」
「うわっ！　本当にこんな……、いいんですか？　鰻じゃないですか？　ウワァー、こんなの普段から食べれない。もう、何年ぶりか分からない。ああ、ビールありがとうございます。いただきます。いただきます。ああ、すみません、どうも。いえ、本当にいいんですか？　これ？　いやぁ、どうも、すみません。ありがとうございます。いただきます。（ビールを飲む）……ああっ！　ああ、美味しい！　体操の後のビールは美味しいですね？」
「また、そんなたいそう（体操）なことを仰って」（笑）
「え？　ここは駄洒落を教えるところなんですか？」

「たまたまです。どうぞ、冷めないうちに……」
「ああ、そうですか、ありがとうございます。ウワァー、何年ぶりですよ。美味しそうですね。ウワァー、（食べる所作）……美味しいですね、この鰻！　何ですか、これ？　まるで、鰻みたいですねぇ」（爆笑）
「鰻です」（笑）
「あ、鰻ですねぇ。……へぇー、何ですか？　薬味がある？　これを付けるんですか、へぇー？　あんまり付けたことがないですね、ワサビとか、……ああ、そうですか、この刻み海苔もかけて、……へぇ〜、どうなるんですかねぇ？（食べる所作）……うん、（膝を叩く）うん！　美味しい。味が変わりますねぇ。うん、ああ、ビールすみません。（お酌を受けて）ああ、申し訳ない、ありがとうございます。おっとっとっと、あー！（口を盃に持って行って）ありがとうございます。本当にすみません。……あとは手酌でやりますから、本当に、……ああ、もうもうもう、すみません。ありがとうございます。ああ、どうぞ、どうぞ、本当に、……えっ？　何ですか？　これが、『お茶漬けも出来る』。あっ、そうなんですか？〝鰻で〟ですか？　ああ、これがお茶碗？　へぇ〜、そうなんですか？　じゃぁ、食べます。食べます。いただきます。（お茶漬けの準備をしながら）ああ、そうなんですか。そんな食べかたしたことがないですね。ええ、こうやってね。ああ、これ出汁が入っているんですか？　そうなんですか？　いただきます。ズゥー（お茶漬けをすする所作）。うん……、うん！（顔を上げて、すぐ下げる）……うん、ズゥー（笑）。美味いすね！　ズゥー……、ズゥー……、これ、うなちゃみたいですね？」

「うなちゃですね」（爆笑）

「そうですよね。ズゥー、ああ、本当、美味い、これ。ズゥー、ズゥー、出汁が、美味しいですね。ズゥー、ズゥー、美味しい、これ。こういう（食べる所作）の演らせると、上手いですよね（爆笑・拍手）。いやいや、余計なことを言いました。すみませんでした（笑）」

この男、飲んで食べて、散々お腹いっぱいになって、

「ああっ！　ありがとうございます。美味しかったですぅ〜」

「いやぁ、喜んでいただけて嬉しいです。今度はどうぞ、お友達をお連れになっておいでください。なごやかに、なごやかに〜、いやぁはっはっは」


ヘンな道場があったもんで、まぁ、こんなちょっとした踊りを踊れば、美味い飯と美味い酒にありつけるんですから、調子に乗ったのか、次の日に友達を何人か引き連れて、

「こんちは！　あの……、いますか？　なごやか爺さん」

「はい、はい、……あっー！　これは先日の……、おう、おう、本当にお友達をお連れになって来ていただいて……」

「よろしいですか？　大丈夫ですかねぇ？　来ちゃったんですけども……」

「もちろんです。どうぞ、どうぞ、お入りください」

「こんちは！」

「こんちは」
「こんちは……」（笑）
「はい、はい、どうぞ、皆さん、入ってください。入ってください。怒らず、騒がず、みんなニコニコ、なごやかに、なごやかに……。それでは、なごやか体操から参りますよ。はい、この動きからです。♪なっごやか、なっごやか……、イチ、ニ、サン……（コマネチ）」（笑）
「えっ？　ちょ、ちょっと待て、おい。本当にこれ演るの？」
「やるんだよ。『何が？』って、え？　聞いてなかった？　これをやらないと、それはさぁ、……そりゃそうだよ。ただご飯だけ食べるって、そういうことはダメ。この体操をやったら、美味い酒と飯が待ってるんだから……。……いやいや、恥ずかしいとか、お前そんな歳じゃないだろ？　だから、ほら、ナガオカもフジイもやるから（笑）、ちょっとさぁ、フジイくん、やってくれよ」
「大丈夫、大丈夫、こんなの。いい加減にやっとけばいいんだからねぇ。やんなくてもいいんだから……」（笑）
「そういうことを言わないで。ねぇ、フジイくん、正々堂々とやろうよ（爆笑・拍手）。ねぇ、正々堂々と、ほらぁ、ナガオカ君も懸命にやって（爆笑・拍手）。アイマ君が恥ずかしがってるんだからさぁ。やってよ、本当に」
「やるよ……、♪　なっごやか、なっごやか……、イチ、ニ、サン……（コマネチ）」
「ほら、やってるからね。アイマ君もやってよ」

「……ああ、そうですか……」

「社長なんだから、ちゃんとやって（爆笑）。最初に挨拶してたんだから、今日も（笑）。やってくんなきゃ、こんなところで躊躇している場合じゃない」

「おうおう、♪　なっごやか、なっごやか……、イチ、ニ、サン……（コマネチ）、お？　♪　なっごやか、なっごやか……、イチ、ニ、サン……（アイーン）」（笑）

「一番上手いですね、あなたがねぇ」

いろんなことを言いながら、みんなでワー、キャー、ワー、キャーやって、さぁ、食事が始まったら、まぁ、美味しい料理が次々出て、お酒も美味しくって、まぁ、すっかりみんなお腹いっぱいになって、

「（腹を抱えながら）ありがとうございました。今日も幸せでした」

「そんなこと言っていただき本当に嬉しいですね。また、今度皆様がお友達をお連れになって、皆さんでお越しください。なごやかに、なごやかに。ハッハッハッハ」

てね。こんな感じですから、行く度にドンドン人が増えますね。友達が友達を呼んで、またその友達をなんて……。ワァーッと人数が増えますと、もう、道場が人でいっぱいでございます。なごやか道場。そうなると、もう、一番に来た男なんか、古株でございますからねぇ（笑）。

「（両手でメガホン作って）はい、皆さん、なごやか体操を始めまーす。後ろ、聞こえてますか？　今日はですね、師匠に代わりまして、私が師範代を務めることになりました」（爆笑）

師範代にのぼりつめておりまして、

「はい、では皆さん一斉にいきますよ。……ああ、ちょっと待ってください。そのねぇ、もうちょっと広がりましょう。前はもっと前まで来て、横も広がって（笑）。後ろも、めいっぱい。ぶつからないように。いいですか？　いきますよ！　ソーレ、♪　なっごやか、なっごやか……、イチ、ニ、サン！　♪なっごやか、なっごやか……、イチ、ニ、サン……、（動きを止めて）誰もやってないじゃないですか（笑）？　どうしたんですか？　皆さん。やりに来たんでしょう、皆さん（笑）。『えっ？』みたいなボンヤリした顔、止めてください（笑）。やるんですよ。……えっ、タダ飯食べようと思って来ましたぁ（笑）？　それは困りますね。ちゃんとやってくださいよ。何、キョトン顔してるんですか（笑）？　噺が進まないでしょう、これ以上先に（爆笑・拍手）。……行きますよ。ハイ、こういう動きですからね。なっごやか、なっごやか、イチ、ニ、サン。いきますよ、ハイ！　♪　なっごやか、なっごやか……、イチ、ニ、サン！（客席も同じ動きをする）。本当にやるとは思いませんでした（お辞儀）」（爆笑・拍手）

こんなふうにみんなでやりまして、さぁ、食事になって、ねぇ、みんなが「美味しい、美味しい」って、本当にみんなが嬉しくって、お酒を飲んで……。

さぁ、なごやかお爺さんはというと、師範代も出来まして、ちょっと楽が出来ますね。もう、お爺さんですから、それでいいんですよ。まぁ、働き過ぎちゃいけません。道場に出て来ない日もあって、裏の事務所みたいなところにいる訳です。こんなときにも、ニコニコなごやかでいそうなものですけれど、下がった八の字眉毛が、この日はゴルゴ13みたいにキリッとしてましして、

「(電話をしている)もしもし、まだ分からないのか？　ウチの支部が荒らされたんだぞ！　どこの組織の犯行だ？　……何か怨みを持っている連中に違いない。探し出すんだ！」

「♪　なっごやか、なっごやか、イチ、ニ、サン(笑)！　あっ、師匠、ちょっとお酒が足りなくなっちゃったんで、追加してもいいですかね？」

「(電話に)草の根を分けても敵を探し出せ。この、たわけがっ！」

「えっ？」

「あ……」

「えっ、師匠……」

「……」

「……見ぃ～たぁ～な～！」(笑)

「わぁ～～～～！」(笑)

「(元のキャラに戻り)いやいや、大きな声を出すんじゃない。いやぁ、悪かった。悪かった。いやいや、驚かせて悪かった」

「え、え、し、師匠、……な、な、な…なごやかじゃないときもあるんですね。それも通り越して、相当怖いですよ」(笑)

「いや、いや、いや、脅かすつもりじゃなかったんだ。まぁ、いいから、そこへ座って、……そこへ座りなさい。……いや、いや、これにはなぁ、訳があるんだよ。……お前さんもウチに来て、だいぶ経つからな、うん、もう本当のことを話してもいいじゃろう」

「……本当のことってなんですか？」

「実はな……、この道場は、ただの道場じゃないんだ」

「えっー！　早くそれを言ってください。最初にそれを訊いたじゃないですか？　もう、随分飲んだり食べたりしましたよ（笑）。タダじゃないって、幾ら？」（爆笑）

「そういう意味じゃない。お金はいらないんだよ。この道場は普通じゃないんだ」

「……あ、それは、皆、そう言ってますね（笑）。『ここは普通じゃない』って（笑）。あんなね、いい加減ぽいようなことをやってね、こんなに美味しいものを食べて全く請求されないでしょう。追加してもなにしてもイイなんて、お土産《みや》で持って帰る奴も出て来ていますからねぇ。言ってます、皆。『普通じゃない』って」

「そうじゃないんだ、何と言ったら、どっから話せば……、あ、こう言おう。いいかな。…そうだ。わたしは東京の人間じゃないんだ。名古屋の人間だ」

「はあ……、そうなんですか？」

「うむ、あれは何十年前だったかな、タレントのタモリがテレビで、『名古屋人はエビフリャーが大好きだ』と言って、たいそう話題になったことがあるんだ」

「……ええ」

「確かにエビフライは美味いよ。でもな、特に特産という訳でもないし、……もっと言うと名古屋の人間

は、そんなにエビフライが好きじゃないんだ」（爆笑）
「え？　そうなんですか？」
「うぅん……、もっと言うと、エビフリャーなんて言わないし……」（爆笑）
「じゃぁ、なんて言うんですか？」
「……エビフリャー」（爆笑）
「言ってるじゃないですか！」
「ま、いや、いやわざとそうやって言う人間も出て来てるんだ。というのはな、周りがあまりにもそう言うだろう？　だから、ある店がなぁ、『もう、いいやぁ』ってんでな、……出してみたんだ。『名物エビフリャーあり』と。これが観光客に受けてなぁ。飛ぶように売れて、そのときに、『これだ！』と気がついたんだ」
「誰がですか？」
「（周囲を見回し、小声で）……愛知県がだ」
「あ、愛知県がだなんて、何か随分たいそうな話になってきましたね」
「（オッホンと咳払い）うん、それでな……我が国ではな、東京一極集中という問題を抱えている」
「……段々話が大きくなってきましたね」（笑）
「分かり易く言えばな、東京に人が多くなり、他の県は寂れていくという話だ」
「ああ、今、そんなですよね」

「生き残りをかけてどこも必死に戦っているんだ」

「シャッター通りが増えたりね。そういうニュースを見ます、ボクも」

「名古屋も同じだ」

「そんなことないでしょう？　あんな大きな街ですよ」

「いやいや、分かり易く言うとなぁ、京都はどうだ？　観光で成功しているだろう。神社、仏閣、庭園、街並み、名所と言われるところが多いから人も多く来る。名古屋の名所を知っているか？　テレビ塔と100メートル道路だ（笑）。誰が、ただのテレビ塔と道路を見に、飛行機と新幹線で来るんだ？（笑）」

「まぁ、そう言われれば、あんまりそれを目的に行くってのは、聞いたことがないかも知れませんね」

「だから、エビフリャーなんだ」

「エビフリャー……」

「そうだ、食べ物なら、食べに来てくれるじゃないか。むしろ、こっちから東京に出向くこともできる。ということに、気がついたんだ、県知事の極秘プロジェクト・チームが」（爆笑）

「そんなの、あるんですか？」

「あるんじゃ。そこで、時間をかけて、手羽先、天むす、ひつまぶし……と、名古屋の食べ物を順に、東京に送り出していったんだ」

「（手を打って）そういうことですか！　ここでも、今言ったの全部食べさせてもらいました。あっ、あれ、ひつまぶしって言うんですね。ボク、ほら鰻なんか食べないから、普段。全然知らないですよ。凄い美味かったっスよ。ええ」

「おかげでなぁ、今は『名古屋めし』というジャンルもできたぐらいだ」

「凄いスよ。大人気ですよね」

「だから名古屋に来てもらうのもありがたいが、こっちから東京に出向けばいいという話だ。東京を制する者が全国を制する。つまり日本中を名古屋にしてしまえと……（……笑）。愛知県はそう考えて、プロジェクトを立ち上げたんだ。これが『日本名古屋化計画』だ（爆笑）。それが、表の看板に書いてあった『日本なごやか運動推進本部』だ」

「あれぇーっ！　『なごやか』って、ほのぼのと楽しくじゃないの？　日本中を『名古屋化』するって（笑）、……ひらがなだから、油断してました、これねぇ」

「だからここは、『なごやかな道場』ではない。『名古屋化を進める道場』なんだ。来た人に名古屋めしを振る舞って、名古屋のファンになってもらって帰すというのが目的だ」

「うわぁー、そうだったんスか。道理でねぇ、今日もそうですよ。あの味噌カツ、味噌煮込みうどん、毎回『味噌率』が高いなぁと思ったんですよ（笑）。……あっ、でも、このあいだ、名古屋めしじゃないのが出ました」

「そんなことはない。ここでは名古屋めししか出さん」

「いやいや、出前を頼むってなったときに、ココイチのカレーだったでしょう」

「（ニヤリとして）……知らないんだなぁ（爆笑）。ＣｏＣｏ壱番屋は、名古屋のすぐそば一宮市に本社がある」
「えっー！　あれ、東京のモノではないんですか？　東京にいっぱいあるじゃないですか？」
「東京だけじゃない。全国にココイチはあるぞ。そういえば、お前さん、最近、好きな喫茶店があると言ってたじゃないか（笑）。あれは何だったかな？」
「コメダ珈琲店ですよ（笑）。凄《すげ》ぇ好きで通っているんです。あれ、量もいっぱいあって、凄くお得なんですよね。豆とか出てるでしょう？　コーヒーを炒めたり。凄いと思っているんですよ」
「本社は、名古屋市だ」（笑）
「うわぁー！　あれ埼玉じゃないんですか？」（笑）
「勝手に決めつけるんじゃない（爆笑）。埼玉だけじゃない。全国にあるんだ。この二つの例を見ただけでも、日本中で名古屋化が進んでいることが立証されるだろう」（爆笑）
「ああ、本当だ。気がつかなかったけど、確かにそうですね」
「そしてなぁ、身体でもって愛知県と名古屋を感じてもらうのが、『名古屋化体操』だ」
「ええっー、あれ『なごやかな体操』じゃないんですか？」
「最初の身体を反る動きをやってみなさい」（笑）
「え、あれ、いつもやってる奴ですよ。♪　なっごやか、なっごやか、イチ、ニ、サン」
「名古屋城の金のシャチホコを表している」（爆笑・拍手）
「やっぱり⁉（爆笑）開いた両手が尻尾ですか？」

「そうだ。上級者になると、床に寝っ転がって足をあげるぞ」（爆笑）
「難しいですね、それね。それじゃ、これは何ですか？　♪　なっごやか、なっごやか、イチ、ニ、サン（コマネチ風ポーズ）。これ、歪んだコマネチって、皆、呼んでましたけれど……」
「そうではない。右手が知多半島（爆笑・拍手）、左手が渥美半島だ」（爆笑・拍手）
「ああ！　（全体で）愛知県！　やってたんスか」（爆笑）
「そうだ。この真ん中が三河湾だ（爆笑・拍手）。美味しい大アサリがとれるぞ」
「ああ！　身体で自ら……、だから微妙なこの位置が大事だったんですね？」（爆笑・拍手）
「そうだ。均等ではダメなんだ。こうで、こーだぁ！　分かったか？」（爆笑）
「分かりました。じゃぁ、最後これですよ。これが分からないですよ。♪　なっごやか、なっごやか、イチ、ニ、サン……、皆でアイーンと呼んでますから……。あ、あれですか？　志村けんさんが愛知県出身とか？」
「何を言ってる。志村さんは東村山市と皆知っているじゃないか？　腕の形を見ろ。……手羽先だ」（爆笑）
「手羽先っ！　ここで出るとは思いませんでした」
「このなぁ、（自分の二の腕を示し）上腕二頭筋がとても身があって美味しい……」
「ああ、自分の腕を食べるところでした」（笑）
「こうやって体操を通してな、愛知県と名古屋を知ってもらおう、感じてもらおうという作戦だ」

「大成功ですね、もうねぇ。すっかり知れ渡りましたよ。いやいや、でもね号令の、イチ、ニ、サンってのは、これは別にね、調子のもんで。別に意味なんか無いですよね？」

「よく訊いてくれた。ここが一番大事なところだ。イチ、ニ、サンはな、信長、秀吉、家康という三英傑だ」

「ああ、そうなんですね？　あ、これ、三英傑ですか？」

「だから大事なんだ。世が世ならばな、この名古屋が日本の首都だったんだ。クゥー（悔し泣き）」

「いや、師匠、泣かないでくださいよ。複雑な思いがあるのはお察ししますけれどね」

「いやぁ、こうやってな。我が組織は各地に道場を作り、名古屋めしを武器に、日本全国の名古屋化を進めている。ところが最近、ウチの支部が何者かに荒らされた。窓ガラスを割られ、部屋の中を汚された。金は取られていないから、完全な嫌がらせじゃ」

「あっ、それでさっき、『草の根を分けても敵を探し出せ。たわけめ！』って、ぶっそうなことを言ってたんですか。敵ってのは誰なんですか？」

「最大のライバルが、我々と同じように、東京進出を企んでいる大阪の『秘密組織ナニワ』だ（笑）。あそこは、お笑いを使って日本全国ナニワ化を企んでいる」

「あ、かなり進んじゃってますね、これねぇ」

「そして京都は、『影の観光協会』というのを作ってなぁ、地下にサイバー空間を作って活動しているらしい。柳家花緑の京都落語で聴いたなぁ」（笑）

「ああ、皆、聴いてないから、何の反応も無いですね（爆笑・拍手）。そんな噺でしたよね、確かにね」

「京都はなぁ、気位が高いから、東京進出をすることは無いと思う」

「ああ、確かにそうかも知れませんね」

「ところがあなどれないのが、『北関東ヤンキー連合』だ。ここは若者中心にノーアクセントを武器に、日本全国ヤンキー化を狙っておる」

「実現したら、恐ろしいですねえ」

「あとはそうだなぁ、めんたいこ、ラーメンの次にうどんを打ち出してきた博多だなぁ。九州を制覇したあと、虎視眈々と東京を狙っている」

「ありそうな話ですね」

「東京を狙っている『地方』はたくさんあるんじゃ。その中の一つが、我が支部を狙ったに違いない。嫌がらせをしたんだ」

「いやぁー、そうですか。いやいや、東京が、今そんなことになってるなんて知らなかったですね。戦国時代ですよね」

「犯人を捕まえるためにな、もうウチのお庭番が動いておる」

「なんです？　お庭番っていうのは。庭師みたいのがいるんですか？」（笑）

「愛知八人衆よ、（手を2回叩く）八人衆よ、これへ！」

「さいぜんから、ここに」

するとバラバラバラバラッて、8人が周りを取り囲んで、

（イケメン風男）「色は白くて、ほそおもて。イケメンじゃないよ、きしめんの龍、参上！」（爆笑）

（ギャル風）「あはっ♥　うふっ♡　天然キャラの、おてんば娘。略して、天むすのお京でーす」（爆笑）

（素浪人風）「（あくび）ふあ〜……退屈だなあ。ひまつぶしにひつまぶしでも食べるか。ひつまぶしのアラシ、参上」（爆笑）

「みんな名古屋めしですね、これねぇ。凄いですねぇ、忍者漫画みたいになってきましたね」

（若旦那風）「（左右に挨拶しつつ）ウィ・ムッシュ、ウィ・マダム！『ウィ』たって、フランス人じゃないよ。白・黒・抹茶の、ウィ郎（ういろう）です。ウィッシュ」（爆笑）

「パクリもやるんですねぇ、これねぇ」（笑）

（マッチョ風）「見てくれ、俺の上腕二頭筋（両腕を曲げ）！　あっ、手羽先の山ちゃん参上！　先月創業者が亡くなりました（合掌）。ご冥福をお祈りします」（爆笑）

「あれは突然のことで、悲しかったな」

（カンフー風）「（ヌンチャク振り回し）アチョー！　アチャー！　アタタタタ！　台湾ラーメンの李（リー）あるよ！」（笑）

「ちょっと待ってください（笑）。それおかしいでしょう？　台湾ラーメンは、台湾じゃないんですか？」（爆笑）

「いや、いや、いや、台湾ラーメンはな、台湾にはないんじゃ」（爆笑）

「え、そうなんですか？」（笑）
「あれは名古屋のオリジナルなんだ。アメリカンコーヒーやな、スパゲティ・ナポリタンと同じことだ」
「そうなんですか？　知りませんでしたねぇ」
（外国人女性風）「ハ〜イ、グッモーニン！」
「また外国人ですか？」（笑）
「トースト、ゆで卵、サラダは当たり前。オマケ大好き。モーニングサービスのペギーよ！　イエーイ！」（爆笑）
「やけっぱちですねぇ、もうねぇ」
（歌舞伎風）「さてどん尻に控えしは……」
「今度は和風ですか？」
「岡崎城から歩いて八町。ぁ、じっくり寝かせた大人の魅力。ぁ、味噌カツ、味噌煮込みうどんを従えた、八丁味噌の、（両膝を両手で叩いて歌舞伎の拍子木のツケ）、ぁ、豆蔵《まめぞう》だぁ〜！」（拍手）
「……以上が、愛知八人衆じゃ」（爆笑・拍手）
「登場だけでお腹いっぱいですよ、これ（爆笑）。ちゅうか、8人って、多すぎやしないですか？　だってねぇ、戦隊モノだって『ゴレンジャー』からはじまって、全部5人でしょう？　落語だって、『六人の会』ですよ。映画だって、『七人の侍』ですからねぇ。八人衆って多くありませんか？」
「いや、いや、名古屋は『八』という字が好きなんじゃよ（笑）。そしてな、量が多いのも好きなんじ

ゃ」(爆笑)

「なんですか、それ？」

「皆の衆、我が支部を狙った組織は、一体どこだった？」

きしめん「それが、調べたところ、『秘密組織ナニワ』の大阪は違うみたいですね。『北関東ヤンキー連合』もシロでした」

「そうか、じゃぁ、あれか？『影の京都観光協会』か？」

きしめん「それも違うみたいです」

天むす「あたしね、知ってるんです。知ってるんです」

「……自分も分かっていないような天むすは(笑)、何を知っているんだ？」(笑)

天むす「防犯カメラに映ってる犯人見ちゃった」

「一番凄いことを知っているじゃないか。それは一体誰だ？」(笑)

天むす「誰って、凄いんです。めっちゃめっちゃ凄いんです。だって、この中にいるだ・れ・か♥なのぅ」(笑)

「それは一体誰なんだ？」

天むす「言っちゃおうかなー」

「教えてくれ」

天むす「やめよーかなー」

「やめるんじゃない」

天むす「……クゥー（寝息）」

「寝るんじゃない、本当に！　言いなさい」（笑）

天むす「分かりました。じゃぁ、発表しまーす。ドラムロールいきます。ドゥルルルル……ジャーン！

正解は、八丁味噌さんでぇす！」

「えっ！　八丁味噌の豆蔵！　お前が裏切ったのか？」

味噌「ふっ、ふっ、ふっ、ふっ……」

「おいおい、みんな仲間じゃないのか？　お前なんでそんなことを？」

味噌「はっ、はっ、はっ、はっ……」

「笑ってばかりいないで、なんとか言えぇ！」

味噌「岡崎城から歩いて八町……」

「そこはもう聞いたんだ（笑）。そうじゃない、なんでそんなことをしてくれたんだ！　ええ！　人の気も知らねぇで！」

「ちょ、ちょ、ちょ、待ってください。内輪揉め、ええ、もう、喧嘩しないでください」

味噌「そこな、東京のお方」

「はい？」

味噌「そなた、岡崎がどこにあるか、ご存じかぇ？」

「え、突然変なクイズを出さないでくださいよ（笑）。愛知県にあるんでしょう？　ほおら、凄いね、オレ（笑）。え、だから、あれでしょう……、あっー、知ってる！　ちょっと気持ちが悪いゆるキャラのオカザえもんがいるところでしょう（爆笑）。……あとは、あれじゃないですか、岡崎は、岡の先にあるんじゃないですか？」

味噌「岡崎は三河地方よ。三英傑の1人、徳川家康公の誕生の地だ」

「あ、そうなんですか」

味噌「世が世ならば、岡崎が日本の首都だったのだ、クゥー（悔し泣き）」

「あーあ、名古屋といい、岡崎といい、三英傑が好きですねえ」

味噌「その名古屋だ！　日本全国の人が愛知県を語るとき、それは名古屋のことを言ってるのだ。お前さんもきっとそうだろう？」

「えっ、……たしかに、図星ですね。名古屋っていうと、愛知県。愛知県っていうと名古屋っていうふうに思っているかも知れないですね」

味噌「そこなんだ。この愛知県というのはな、東半分、いや3分の2は三河といってもいいんだ。名古屋めしの味噌は、岡崎の八丁味噌。世界のトヨタだって、三河だ。豊田、豊橋、豊川と、まぎらわしくてトヨトヨしてるが（笑）、これがみんな名古屋の陰に隠れてしまう。それが不憫で、ぁ、ならねぇ～やぁ～（歌舞伎風）」

「確かにお気持ちは察しますよ。それは悲しいことかも知れませんけどねぇ、だからといってよそ者がね、余計なことを言って申し訳ないですけどね、仲間割れって言うかねぇ、内輪揉めはみっともないですよ。やめましょうよ。で、まさかの解散とかしないでくださいよ（笑）。年内をもって解散とか（笑）。紅白に出ないとか、言わないでください。謝って、木村さん」（爆笑）

味噌「誰が木村さん（爆笑）？　いや、この三河者がとんだ失礼をいたした。申し訳なかった」

「分かった。許そう（軽く、コロッと）」

「早っ！」（笑）

味噌「ありがたき幸せにございます」

「ちょ、ちょ、ちょ、ちょっと待ってください。いやいや、皆もいいんですか？　仲直りするんだから、いいんですけどね。いや、これ、早過ぎませんか？　もうちょっと言いたいことが、お互いにあるんじゃないですか？　いいんですか、こんなことで？」

「はっ、はっ、はっ……。もういいんじゃ。喧嘩なんか長くするもんじゃない」

「えっ、だって。本当にいいんですか？」

「いいんじゃ、わしは西の名古屋じゃ、この話は、尾張《おわり》だ」（拍手）

香川『時穴源内《ときあなげんない》』

2019年10月1日　高松市・香川県文化会館

【登場人物＆前説】

★おもな登場人物
平賀源内……江戸時代の万能の天才。讃岐（現香川県）出身。
男……小伝馬町の問題物件アパートに住んでいる若者。
不動産屋の女性
鰻屋の大将

かつてNHKで『天下御免』というドラマがあった。山口崇扮する平賀源内のドラマで、時代劇ながら劇中に現代の番組が割り込んできたり、天気予報コーナーが入ってきたりして、バツグンに面白かったのだ。

「時代劇でこんなことをやっていいんだ！」

と当時高校生の私は驚き、喜び、脚本クレジットの早坂暁という名前を憶え、「いつかあんなドラマを書く人になれたらいいなあ」とぼんやり思ったものだ。平賀源内が讃岐（香川県）の出身であることも、この時知った。

のちに脚本集（全三巻）も買った。いまも本棚にある。

だから、この47都道府県の落語シリーズが始まった時、「いつか香川県の番になったら平賀源内ネタでいこう」とずっと心に決めていたのだ。とはいえ、落語を書く取材のために香川に行く……という贅沢なことはできない。だが、源内が亡くなったという東京・小伝馬町の牢獄跡に行くことはできる。

地下鉄で小伝馬町に行き、十思公園のあたりを歩いた。小伝馬町牢屋敷展示館も見学した。時代劇ではおなじみの場所だ。安政の大獄では吉田松陰や橋本左内が収容された場所。ガラス張りの床下に、出土した牢獄の井戸などが展示されていた。夏なのにうすら寒い感じがした。それらを見て、半村良の『およね平吉時穴道行』を思い出し、時穴（タイムトンネル）を使おうと思ったのだ。

展示館を出たあと、少し周囲をうろうろ歩いてみた。都心の商業地（中央区日本橋小伝馬町）らしく、古くからのビルがびっしり並んでいるのだけど、そのわりに人通りは少なく、ひっそりしていた。

取材はしてみるものだ。おかげで、この落語の冒頭部分は迷いなく書けた。

ずいぶん以前、仕事で香川の高松に行ったことがある。その時、空港のショップで、美しい音が出る石・サヌカイトでできた風鈴をお土産に買って帰った。当時私はウッチャンナンチャンのオールナイトニッポンを担当していた。ナンチャンは高松出身なので、「サヌカイトをお土産に買いましたよ」と言ったら、「ああ、いいもの買いましたね」と褒めてくれたのが記憶に残っていた。ずっとのち、それが落語に使えるとは思いもしなかった。

香川県は、調べましたら面白いですね。香川というのが47都道府県の中では、面積が一番狭いんですね。ですから、〝1香川〟という単位にすると、他の県の大きさが分かりやすいって話があるんで（笑）、ちょっとお付き合いいただきますけど……。四国でいってみると、隣の徳島は2香川ですね（笑）。愛媛が3香川なんですよ。で、前回行きました高知は、3・8香川ね（笑）。こうやってずっと、「香川、香川」って言ってるとわたしの脳内で、香川照之さんがいっぱいいるんですよ（爆笑）。しかも、カマキリの恰好して、『カマキリ先生』みたいなねぇ、観たことがありますか？　NHKで。凄いですねぇ、香川照之さん。ちなみにですけれども、1北海道イコール44・4香川なんです（動揺）。……あそこは、デカいね（爆笑）。だから北海道の人だってね、おそらく隅々まで行かずに、みんな死んでいきますよ（笑）。

今日、わたしは東京から飛行機で来ましたけれども、東京は1・1香川、……ちょっと嬉しいね。殆ど一緒っていう話なんです。で、舞台は、その東京の真ん中って言い方をいたしましょう。

中央区の地下鉄の駅の傍ね。不動産でいうとこの〝駅近物件〟としてね、本来人気の場所で、まぁ、高いんですよ。どう考えたって、家賃がね。ところがこの部屋は大変に家賃が安い。家賃が安いっていうのはね、何か理由が必ずある訳ですよ。わたし的に言うと、「まぁ、やめておいたほうがいいよ」っていう感じなんですけれども、この主人公の男は、「安けりゃいい」ってんで引っ越しをしてまいりまして。

「（振り返って）うっ！　今、音がしたよね？　ガタガタっていったよね？（あちこちを不審げに見ながら）気のせいかな？」

東京という場所の中心部はね、昼間は働いている人で、人が多いんですけれども、住んでる人は少ない分、夜になると意外に静かになりますね。で、この男は引っ越して来た部屋が、1人ですから、本来ね、自分が音をたてなければ音がしない筈なのに、物音がするのは結構な不安でして、

「……嫌だぁ、最初っからそうだったよ。不動産屋で聞いた時から、何か、あやしかったんだよな」

「(店で間取り図を見ながら)あのう、この部屋、なんでこんなに家賃が安いんです?」

「ええ、それはあのですね、……あのう、1階で日当たりが悪いからですね」

「……はぁ、日当たりが悪いから……、えっ? それだけですか? それだけで、こんなに安いってことはないですよね? なんか他に理由がありますよね?」

「まぁ、あるといえばあるし……、ないといえばないですかね」

「どっちなんですか?」

「どっちなんでしょう?」

「こっちが訊きたいですよ、本当に。……あ、分かった。出るんでしょう? (幽霊の手つき)コレ?」

「コレ?(同じ手つきでカマキリっぽく上にあげ)カマキリ?」(笑)

「カマキリじゃないですよ」

「いえ、香川照之さんは出ませんよ」(笑)

「当たり前じゃないですか、誰もそんな話をしてないですよ。不動産でね、『バス・トイレ・香川照之付

き』なんてね（笑）、聞いたことがないですよ。いきなり香川照之さんと同居なんて、ハードルが高過ぎますよ」

「何、言っちゃっているんですか？」

「いや、言わせているんですよ、まったく。……だから、これ、幽霊でしょ？」

「分かりました。正直にお答えしましょう。実はね、ここへお住まいになった皆さんはね、夜中に不審な物音が聞こえると言って、気持ち悪いからと出ていかれました。でも誰も、何も見てないんですよ。だからですね、出るとも出ないとも言えないんです」

「ああ、音を聞いた。音だけですか？」

「そうです」

「だったら、大丈夫ですよ。テレビの音をちょっと大きめにしておきますから、大丈夫、大丈夫」

「……て、安さが魅力で強気なこと言って引っ越してきちゃったんだけどなぁ……、いざこうして自分一人で住んでみると、やっぱ、気持ち悪いなぁ……」

ガタガタ！

「ほらっ！　今、完全に聞こえた（笑）。下だ、下のほう。そうだよ（膝を打つ）、下の階の人がなんかやってんだ……。あっ、ここ1階だ（笑）。下は無いよ、これ。地面だよ、下」

独身者用で、手狭なキッチンがある。そのフロアのところに、四角く切ってある床下収納ってんです

ね。そのフタが、急にガタガタガタガタッて動いてきたかと思うと、中からニューッと手が出て来て、

「あっー！　手が出て来たぁ！　幽霊だ、バケモンだぁ！　助けてぇ！　ウワァー！」

「（床下から這い出て来て）よいしょっと！　ああ、ようやく抜け出た。（袖や頭についた埃を払いながら）やれやれ、埃だらけだ」

「うわあ！　幽霊……？　……足がある」（笑）

「そりゃ、足はあるよね。歩いて来たから」

「いやぁ、あのう、……わらじ？　というか着物？　つうか、ちょん髷？」（笑）

「（ニッコリ笑って）よろしく」

「いや、いや、その挨拶している場合じゃないですよ。ええ？　時代劇の撮影かなんかですか？　ここ僕んちなんですけれど……」

「時代劇？　……おお、今は何時代だ？」

「はぁ？」

「いや、何年かって訊いているんだ」

「ええぇ、令和元年……」

「令和元年？　初めて聞くなぁ。西洋の暦《こよみ》にすると何年だ？」

「へっ？　ああ、西暦２０１９年……」

「２０１９年！　はあ〜、凄いなあ。してみると、（自分が出てきた穴を見て）やっぱりこれは時穴《ときあな》だった

か」

「時穴？　なんです？」

「ああ、ものの本によると、過去と未来を繋ぐ不思議な穴倉があるという。それが時穴だ」

「あ、時、穴……、タイムトンネルということですか？」

「うん、タイムトンネル……、エゲレス語ではそういうのか」

「エゲレス語……って、……すみません、あなたは何時代の誰なんです？」

「これは失礼した。私が時穴に入ったのは安永《あんえい》8年。西洋の暦にすれば、1779年かな」

「電卓、電卓……（電卓とって、たたいて）240年前！　江戸時代ですね」

「平賀源内と申す。よろしく」

「平賀源内！　あのエレキテルの？」

「おお、知っておるか！　いやぁ、嬉しいな。こんな未来まで、私の名前が知れているとは。いやぁ、それは嬉しい」

「いや、いや、有名ですよ。みんな知ってますよ。江戸時代の天才として」

「（膝を打つ）嬉しい！　それは嬉しいなぁ。いやぁ、私の時代では単なるキワモノ扱いだったからなぁ（笑）。そうか、やっぱり生まれた時代が早すぎたなぁ……。あっ、私は他に何で名を残した？」

「調べましょう、調べたら分かる。（スマホを取り出し）ええと……」

「なんだ?!」

「え？」

「何だそれ？」

「ああ、スマホです」

「なに？」

「スマホっていいます」

「……スマ・ホ……？」

「ええ、これ見てください。（スマホに打ち込む）ひ、ら、が、げん、ない……、ほらほら、出た。（スマホを読む）

『平賀源内　江戸時代中頃の本草《ほんぞう》学者、蘭学者、戯作者、発明家』

と、書いてありますよ、ねぇ。で、

『讃岐《さぬき》の国・志度浦《しどうら》に生まれる。江戸に出て活躍。安永八年、殺傷事件を起こして伝馬町の牢獄に……』」（読むのをやめる）

「どうした？」

「ああ、いやぁ」

「貸してみろ（スマホを奪い、続きを読む）。なになに、

『伝馬町の牢獄に入れられ、……獄死。享年52。ただし晩年には諸説あり、実は密かに逃げ延びたとも伝えられる』

ハハハ！　そりゃそうだな。現に、時穴を通ってここに来てるんだからなぁ」

「えっ？　ちょっと待ってください。時穴の向こうは何ですか？　その江戸時代の伝馬町の牢獄の中なんですか？」

「そうだ。逃げ出そうと穴を掘っていたら、ぽっかりとあやしい裂け目が現れたんで、そこを通ってきた」

「ここはねぇ、日本橋小伝馬町っていうんですよ。伝馬町牢獄跡のすぐ側で、今は十思《じっし》公園になっている……、そうか、時々ここで変な物音が聞こえるって言ったのは、その時穴から漏れた江戸時代の音だったんですねぇ」

「(聞いてない。スマホをいじりながら) いやぁ、凄いなぁ、スマホってのはなぁ。……いやぁ、これ感心するよ。あっ、こうやると大きくなった……、おっ、こうやると小さくなった……。ホッホッホッホ、こうやるとドンドン文字が出てきてなぁ。そうか、……おう、これなんだなぁ、この時代のかわら版にもなっているんだなぁ。……ああ、そうか、今日から消費税が上がったんだなぁ(笑)。……おっ、台風が来てるぞ、18号。ああ、そうか、日本海のほうに抜けるんだなぁ」

「……へぇ？」

平賀源内は天才ですから、凄いですよね。このハイテクにも、あっという間に順応するんですねぇ。この男のほうはというと、幽霊じゃないということが分かったもんですからね、安心したのか、

「すみません。自分、もう、ちょっと寝るんで、先に」

「おう、私はこのスマ・ホっていうのを、いじっててもいいかな?」

「ああ、いいですよ。それね、電池が無くなるといけないから、その黒いコード、それをピッと下に挿してください。大丈夫ですから」

「……なに? おうおう、これか? おうおう、挿した」

「ええ、それで大丈夫ですよ」

「おおー」

なんて、呑気な連中があったもんで(笑)、さぁ、男は自分のベッドで寝ちゃって、平賀源内は好奇心のカタマリですからね、一晩中スマホをいじっていて……、

「へぇー、徳川の世は15代で終わったのか?」(笑)

とかね、

「ああ、人類は月に行ったんだなあ」

とかね、

「ああ、そうか、東京で演る柳家花緑の独演会は、イイノホールで10月の25日、26日かぁ」(笑)

なんて、あらゆる知識を貪欲に吸収いたしまして……、翌朝、

「おい、起きてくれ。おい」

「(目をこすりながら) おっ、誰かと思ったら、……ああ、平賀源内さん」

「うん、羽田に行こう」

「……は、羽田？」（笑）
「うん。飛行機で高松へ」
「えっ、ちょっと、ちょっと待って、高松って四国の？　話が急ですよ」
「私は讃岐の国の生まれだ。今でいうところの香川県だ」
「ああ、ウィキペディアに、そう書いてありましたね」
「240年経った自分のふるさとがどうなってるか、この目で見てみたいんだ」
「ああ、気持ちは分かりますけど……」
「うむ、だからな、飛行機の予約をとった」（……笑）
「えっ、予約って！　どうとったんです？」
「どうとったって言われてもなぁ、あんたと2人で行こうと思って、このスマホからな、アプリというのをなぁ、ダウンロードしてとった」（爆笑）
「アプリをダウンロードできるようになったんですか？　一晩で？　さすが天才だなぁ、……そんな使えないオバちゃんって、結構いますよ（笑）。自分の母親だって、使えないのに……、えっ、お金どうしたんですか？」
「ああ、クレジットカードというのでとった。……あんたの」（爆笑）
「僕のですかぁ？　凄いですねぇ」（笑）
「行き方も分かったぞ。え～、小伝馬町という駅から地下鉄というのに乗るんだなぁ。それから秋葉原に

出る。そこから京浜東北線というのに乗って、浜松町というところに出ると、モノレールというので、20分で空港……」（爆笑）
「ナビタイムも使えるようになったんですか？　恐るべしですねぇ」（爆笑・拍手）
「うむ、この恰好もなぁ、着物じゃいけないと思ってなぁ、あんたの引き出しから服を借りたぞ。ああ、ヒップホップファッションっていうんだろう（爆笑）？　ちょん髷も似合ってよかった。ヨーヨー！（ラッパーみたいにポーズとる）」（爆笑）
「着こなしてますねぇ……」

二人は空港へ行きました。飛行機で高松へ。ええ、香川県は全国で有名、うどん県って奴ですからねぇ、もう、食べない訳にはまいりません。

「美味い！　やっぱり、うどんはなぁ！」

「やっぱり源内さんの頃から、さぬきうどんは有名だったんですか？」

「いや、私の頃は、ただのうどんだ。名前なんかありゃせんよ」

「へえ、そうなんですか」

「そうだ！　もっとみんながなぁ、たくさんうどんを食べるような、いい方法を思いついた」

「えっ、どうするんです？」

「表にな、『本日、土用丑の日』と看板を掲げたらいい（笑）。この日は『う』のつくものを食べるから、みんながうどんを食べて繁盛するぞ」
「……源内さん。それ、既に鰻でやってますよね？」
「知っておるのか？」
「知ってますよ、それも有名ですから。大変ですよ、今。もう、夏になったら日本中で鰻を食べまくっていますから、ニホンウナギは、今や、絶滅危惧種ですからねぇ」（笑）
「そうなのか？　２４０年も経って、そんなことになってるとは。いや、すまないことをした」
それから二人は、「ことでん」に乗って、お隣のさぬき市は志度《しど》へまいりまして、平賀源内の墓参りをしようってことになって、
「（拝みながら）……自分で自分の墓に手を合わせるってのは（笑）、何とも微妙な心持ちだなぁ」（笑）
「本当ですよ。私だって……。ここに書いてありますよ。『浅草から分骨した』って……。どの辺を分骨したんでしょう？」
「探すんじゃない、私の身体を……」（爆笑）
「ハッハッハ、だっておかしいじゃないですか？　当人が横にいて……」
「いずれそういうことになるんだろう」
「『なるんだろう』って、当人が横にいて、墓に手を……、（平賀源内に向かって合掌する）」（爆笑）
「私を拝むんじゃない！」（爆笑）

大変な騒ぎになって、さぁ、続いて2人は「平賀源内記念館」に行ってみる。

「ああっ、エレキテルありますねぇ！」

「おお、未だ残っていたか！　嬉しいなぁ、いやぁ、これはな、おかげで大評判になったんだ」

「私はねぇ、源内さんはエレキテルの一発屋かと思っていましたけどねぇ（笑）、違うんですね。いろんなことをしてて、……この本、なんです？」

「ああ、それは和三盆の作り方を書いたんだ。今じゃ、このあたりの特産物になっているようだな。よかったなぁ……」

「ほう、これ何です？　読めませんね、これ。火《ひ》……浣《かん》？」

「火浣布《かかんぷ》と読むんだ。石綿を織り込んだものでなぁ、燃えない布だ」

「石綿！　あ、それ、あれですよ、今、アスベスト公害っていうんでねぇ、問題になってますよ」（笑）

「そうなのか！　なんだそれは？　２４０年前は気がつかなかったなぁ。いや、それはすまないことをした」

さぁ、ふるさとを見て回って、2人は海辺にまいりました。瀬戸内の波が穏やかに打ち寄せている。

「ここはイイなぁ、波の音は変わらない。潮の香、波の音、変わらないってのは、どんなにかありがたいって思うなぁ。……だが、世の中は随分変わったな……」

平賀源内は天才ですからね、それが世界の情報と繋がるというスマホを手にしたもんですから、もう21世紀を驚くべき速さで吸収しまして、

「……これからの時代は、ＡＩだな（笑）。まぁ、ディープラーニングと５Ｇ通信で、画期的に変わると思うな（笑）。あんたは、どう思う？」

「は、はい（笑）、……はい、私もそう思っていたところです（笑）。その、ディープで、ファイブですから（笑）、あの、昔、クールでファイブって人たちがいました。♪　長崎は〜　ワワワワ〜」（爆笑）

「何の話だが、分からんが、いや、これから面白い時代が来ると、……ビルもそう言ってた」

「……ビル、ビルって誰です？」

「ビル・ゲイツだ（笑）。あんたのスマ・ホから、ＳＮＳというので繋がったんだ。意見交換をしたら、意気投合した」（笑）

「ビル・ゲイツとですか？　さすが天才だなぁ……。そうだ、いいこと思いついた」

「どうした？」

「日本はね、ＩＴとかＡＩで出遅れているって言われているんですよ。『なぜ日本から、ビル・ゲイツやスティーブ・ジョブズが出ないんだ？』って……。もう、心配ありません。だって、この令和元年の日本に平賀源内が現れたんですから。源内さん、会社を作りましょうよ、私と！　名前は『ゲンナイ・コーポレーション』（笑）、いいでしょう？　ＣＥＯが源内さんで、ＣＯＯが私ですよ。東京に帰って……」

「うん、……帰るよ」

「やったぁ！」

「私の時代に」

「わぁーい……、私の時代って、なあに？　江戸時代？」

「安永8年に、帰る」

「ちょっと！　何を言ってんですか？　牢獄から抜け出て来たんでしょう？　ダメですよ、そんな。牢獄へ戻るなんて……」

「正直な話をする。私も最初はあんたと同じことを考えていた。私は生まれる時を間違えた。不自由な侍の時代ではなく、この21世紀の今こそ、自分の才能を発揮できる……」

「そうでしょ！　絶対そうですよ。ここにいましょうよ」

「だがな、あの時代の人々を救うこともできるんじゃないか、と考え直したんだ」

「救うんですか？」

「たとえば医学。ここで得た膨大な知識を持って昔に帰る。私には杉田玄白《すぎたげんぱく》という友達がいるんだ。他にも蘭学医の知り合いも多い。教えてみろ。人の命が救えるぞ。他に、老中の田沼意次《たぬまおきつぐ》とも知り合いだ。これにもな、ここで得た産業や農業の知識を伝えたい。貧しい人々を救えると思わないか？」

「……はい、……そうですね。はい」

「自分が生まれた時代への恩返しのために帰ろうと思うのだ。どうだ？」

「……はぁ、恩返しは大事ですよね。狸だって、恩返しする時代ですからね」（笑）

「……よく分からないが、そうなのか？　それにな、鰻が絶滅危惧種とか、アスベスト公害といったか？私の責任もあるんだ。帰ってそれを修正したい。そうすれば、この時代に迷惑が及ばないだろう」

「……そうかも知れませんけれども……」

「だからな、もう帰りの飛行機の予約はとってあるんだ（爆笑）。帰りは奮発したプレミアム・クラスっていうのをとった（爆笑）。あんたのカードだ」

「また、私のですか？」（笑）

2人は、東京・小伝馬町の部屋に戻ってまいりました。床下収納のフタを開けてみます。中を覗く、暗～い空間に続いている。何やら得体の知れない音も聞こえてくる。

「この時穴は、そう長くは開いていないと思う。閉じてしまえば戻れない」

と、源内は足を入れる。

「待って！」

「何だ？」

「……本当に、帰るんですか？」

「ああ」

「だって、帰ったら、伝馬町の牢獄の中……」

「分かっているよ。必ずそこから抜け出す。ここで得た知識を皆に伝える」

「……だって、過去を変えたら未来も変わるでしょう？」

「……変わるな。もしかしたら、侍の世が早くに終わるかも知れない。いや逆に、もっと長く続くかも知れない。あるいは、他の何かが変わるかも知れない。私の目論見が上手くいけば、未来は今とは違う世界線になる」

「『世界線』なんて言葉……、またそんな今どきの言葉を手の内に入れましたね。パラレルワールドのことでしょう?」

「そうだ……、あんたが住むこの世界を変えてしまうかも知れない。先に謝っておく。勘弁してくれ。あ、そうだ。あんたにこれをあげようと思う（懐から何かを取り出し）」

「（受け取り）石のカケラ……？　なんです、これ？　三つ……、四つ」

「香川で拾ってきた石だ」

「拾った石……、紐が付いてますけれども……」

「うん、風鈴を作ってみたんだ。ちょっと鳴らしてくれ」

「はあ……、（手に持って、吊るす）ああ、何すか、これ？　♪　キラリン、キラリリリンって、キレイな音がしますね。これは本当に石ですか?」

「私の時代はカンカン石と言ってたが、今はサヌカイトというらしい」（笑）

「サヌカイト?」

「讃岐の石だからサヌカイト。いい名前だな」

「本当、いい名前だし、いい音しますね、へぇー」

「たまにはその石を鳴らして、私を思い出してくれ。……世話になった。さらばだ」

源内は時穴の中にスッと吸い込まれて消えていきました。

「（穴に向かって）源内さん！　さようなら！　死なないでくださいよぉ〜！」

翌朝、

「（目をこすりながら）ふあ〜、源内さん（キョロキョロして）、源内さん、……あ、そうか、夕べ、もう、帰っちゃったんだ」

男はキッチンに行って床下収納のフタを開けて中を覗いてみると、夕べは暗い空間に繋がっていたんですが、何でもない床下収納に戻っている。

「……夢に決まっているよな。ありえないでしょう？　平賀源内、時穴なんて、高松も往復したけど、……リアルな夢ってことにしておこう（笑）。どう考えても、あんなの本当の訳がない」

メールの着信が、そこであったんで見てみると、

「（スマホ見て）クレジットカードご利用料金請求のお知らせ（爆笑）。……高松往復２人分、……高ぁ（爆笑）！　……本当だ。てことは、その後の歴史は？（スマホを必死で操作）……明治維新は変わってない。……あっ！　……牢獄で亡くなったと書かれている」

その時、ずっとカーテンレールにかけてあったサヌカイトの風鈴が、隙間風なのか何なのか、突然、キラリラリンと、美しい音で鳴る。

「（見て、ため息）……源内さん、世界線を変えられなかったんだなあ」

悔しいのと、ちょっと安心したのと、相当この男は落胆をして、もうどうしていいか分からなくなった。

「……もっと止めればよかった（涙ぐむ）。こっちにいりゃ良かったじゃないか？　もう、後悔したって、240年前のことか……、ダメだ。もう考えたって、どうにもならない。……こういう時は飯だ。何か食おう。よし！」

男はいつもは素通りしていた表通りの鰻屋へ思いきって入りました。

「ヘイ、らっしゃい！」

「……いざとなると腰が引けるなぁ……。鰻重じゃなくって……。大将！　鰻丼一つ」

「へーい」

「（メニュー見て）あれ……、大将、鰻丼ってこんなに安いんですか？」

「はい、ウチは前からその値段でやってますよ」

「いえ、他の店はさぁ、もっと高いでしょ？」

「いやぁ、どこも同じようなもんですよ」

「そうかなぁ……、だって鰻は絶滅危惧種だから……」

「ハハハ……、またそんな御冗談を」

「いやいやいや、だって江戸時代に平賀源内って人が、『土用丑の日』ってんで、あれから鰻を食べまくって大変なことになっているじゃないですか？」

「お客さん、しっかりしてくださいよ。土用丑の日は、うどんじゃないですか」（笑）
「世界線、変わってた！」

奈良『あをによし』

２０１６年12月27日　奈良市・奈良県文化会館

【登場人物＆前説】

★おもな登場人物
先生……　町内の物知り。
男……　修学旅行帰りの娘を持つ父親。

近代西洋のドラマや演劇や小説は、主人公がいて、そこになんらかの葛藤があり、物語が進行していく。物語の最初と最後で、主人公に（成長などの）変化がなくてはならない……ということになっている。だが落語には、物語が一歩も前進しないまま終わるものもあって、私はそれが素晴らしいと思っているのだ。

また、ドラマ・演劇・小説では、ステレオタイプな登場人物はよくない、人物造形を詳しくすべし……とされる。ところが落語は、愛すべきダメ人間は全部与太郎ですませるし、八五郎、熊五郎も堂々とパターン化されている。しかもそれぞれの噺で、妻帯者だったり独身だったりするし、微妙に性格が違っていることも気にしない。さらに、ご隠居、先生など、名前のない登場人物もいる。そういうところも近代の作劇術や小説作法を超越していて面白いと思うのだ。

47都道府県落語シリーズでは、物語性のある噺と、あえて一歩も前に進まない噺を書き分けている。どの県がどっちのパターンになるかは、書いてみなければわからないのだが。

で、この奈良編は後者だ。そして登場人物は「先生」と「男」で、とくに名前はない。

＊

落語を好きになると百人一首のうち二つを憶えられる、とよく言う。一つは、小倉百人一首七十七番・崇徳院の、

「瀬をはやみ岩にせかるる滝川の　われても末にあはむとぞ思ふ」

という歌で、これは詠み人の『崇徳院』という古典落語になっている。

もう一つは、小倉百人一首十七番・在原業平の、

「ちはやぶる神代もきかず竜田川　からくれなゐに水くくるとは」

という歌で、これは上の句から『ちはやふる』という古典落語になっている。

この本の最初に収めてある落語『電脳京都地下企』で、地上への出口の名前に「ちはやふる」と「瀬をはやみ」とあるのは、実はここからとっていたのだ。

この『ちはやふる』という落語は、町内では物知りということになっている隠居が、デタラメな和歌の解釈をするというもの。もちろん、物語としては一歩も前に進まないパターンだ。

奈良には、

「あをによし奈良の都は咲く花の　にほふがごとく今盛りなり」

という有名な和歌がある。この和歌を使って『ちはやふる』のような落語を作ってみようというのが狙いだ。

今日はとにかく奈良へ来る目的はですね、ここで落語を演らせていただくことですけれども、あとはもちろんDトラベルを読んでおりますから、「どこに行きたい」って言ってですね、『くるみの木』という素敵なお店に伺いました。実績がありました。そうなんですね。もう、ランチを御馳走になって、……11時半からはじまるんですけれども、12時ちょっと前に行ったら席が満杯で、座りたい人が相当多いので、……でも、前もってお話ししていたので、特別に（笑）、ここだけの話ですけれども、ちょっと席をとっておいていただいて、……申し訳なかったんですけれども、大変美味しい食事を頂戴して……。

はい、もう、「あそこに住みたいよ」という感じでした、わたくしは。ここは駅でいうと、「新大宮」っていうところですね？　あそこから歩いていきまして、はい、大きな道があったり、何かこう、騙し道みたいな……（笑）、まっすぐだと思うとこっち行きそうになってしまうような……、どんどん寂しい感じになって……（笑）、踏切が見えても、「大丈夫かな、これ？　何の電車だろう？」って思っていると（爆笑）、それを越えたところにある訳ですよ。多少雨が降っておりましたから、踏切の手前の水たまりが大きくて……（笑）、「この水たまりをどうしよう？」みたいなことで（爆笑）。車が勢いよく来ると、ピシッと撥ねるもんですから（爆笑）、車が来るから「ど、どうしようか？」って言ってるそばから、チンチンチンと踏切がいってる訳ですね（爆笑）。なかなか、お店が見えているのに辿り着かないということで……（笑）。

伺いまして、……嬉しかったですねぇ。

ああいうお店は、本当に東京でもなかなか少ないという感じがしますね。結構求めている方も多いと思うんですけれども、東京はまた、埋もれていきますからね。情報がないと、分からなかったり、……でも、もう30年以上やってらっしゃるっていうことですから、「奈良に来たら、行きたいな」っていうのがあって、伺いまして。皆さん、何となく、「うん、うん」みたいな感じで（笑）、まだご存じない方もいれば、もう行った方もいると思います。そういう土地の、やっぱりね、イイところに行くっていうのは、……（客席の「Dトラベル」をめくっている方に）お母さん、今、見なくてイイですからね（爆笑）。アッハッハッハ、まぁ、気持ちは分かりますけれども、……そうです。今日のスタッフの方は、皆さん、御出でいただいているという方で本当にありがたいことですね。

落語を聴いてくださる方の中には、今日初めてっていう方もいらっしゃると思いますけれども、これから申し上げる噺はですね、今日、最初に演った『つる』という落語に負けず劣らず実の無い会話で（笑）、「イイのだろうか？」っていう感じなんですけれども、それが奈良の落語ということで、演ってみたいと思います。

で、あのう、新作落語っていうものは、シンガーソングライターのようにですね、そのプレーヤーが作るっていうのが主流なんですが、わたくしは作家の藤井青銅さんという方に書いていただき、わたしがそれを演るということで、この噺を作り上げております。

あとで、青銅さんにね、言葉をいただきますけれども、……ですから、内容的に何かクレームをつけたい方は、青銅さんに（爆笑）、アッハッハ。何で、そういうこと言うんでしょうね。もうね、15回も演っていると、その言い訳だけ先に言ったりなんかするんです（笑）。誠に申し訳ないと思うんですけれども、この後、（落語が）終わって、またトークの質問コーナーみたいのありますので、何か疑問のある方は、その場で質問いただいてもよろしいかと思いますけれども……。申し上げたい内容はですね、知らないで、知ったかぶりをするっていう人がいますよねって話ですね。で、落語のほうでは、多い訳ですよ。知らないのに、知ったかぶりをするっていうのは。で、最近は、「知らないで」っていうことは言えなくなりましたよね。つまりネットで調べると何でも出てくるじゃないですか、Ｇｏｏｇｌｅって検索をかけると、すぐ出てくる訳ですよ。答えが分かる訳ですよ。「ＯＫ、Ｇｏｏｇｌｅ」っていうだけで、全て答えてくれる（笑）。そういう世の中に入ってまいりました。疑問を持ってやれないといいますか、今日も年配の方がいらっしゃいますので、「それは何？」っていう方もいるかも知れませんけれども（笑）、そこまで説明していくと落語に入れないので（笑）、なかなか説明が儘《まま》なりませんが、ええ、そういう時代ですよ。

だから楽屋でもね、そういうことがある訳です。我々の落語界の世界で、名前は言えませんけど、大阪でいうとざこば師匠みたいな（爆笑）、名前は言えませんけれども、東京でいえば権太楼師匠みたいな（笑）、そういう古株が、……つまり楽屋で喋っている訳、……あのね、何のことで喋っているのかは忘れちゃいましたけれども、例えばキーワードが1個出て来る訳ですよ。

「これ何だ?」っていうと。知らない訳、楽屋は。その、例えばざこば師匠はじめ（笑）。……「分からない」と……、

「うー、なん、なん、なん、うん、うん」（爆笑）

あんまり上手い物真似じゃないですけれども、まぁ、こうなる訳（笑）。で、「ああじゃないか?」、「こ

うじゃないか?」って、ちょっと妄想話が始まる訳ですよ。「そうかも知れんなぁ……」みたいなことになっているところへ、若い前座さんとかが、

「ちょっと待ってください。師匠、調べますから……、あっ、これはこうこう、こういう訳で……」

って、携帯ですぐ調べて答え出しちゃうと、「何やってんだよ」って言う訳。「そういうことじゃないんだよ」と、「今、分からない会話を楽しんでいたんだ」と、「答えを聞きたかった訳じゃないんだ」っていうことで、前座さんはどうして良いか分からなくなっちゃう。こういうおかしな会話がある訳です。だから、どうして、そういう会話してるかっていうと、落語の世界で登場人物がそういう会話をしていることが多いから、やっぱり落語を長くやってる先輩は、普段も落語みたいになっている訳(笑)。だから、楽屋の会話も落語の中の会話みたいなことをしたい訳ですよ。

それで、そんなこと言ってる訳です。それで、世間から取り残されている訳です(爆笑)。わたしも、その気《け》があります。9歳から落語を演ってますから、45歳ですから、もう、かなりやっておりますので、はい。

でも、わたしだってね、結構、調べるほうですよ、すぐに。それを頼りに生きていく男ですから、「そういう先輩方とは違う」と思っておりますけれども、既にもっと新しい後輩からすると、「もっと古いものを背負っているのかな?」と思いますが、その中に当然、イイものもあったりしますからね、古いものにも。ですから、そこは踏襲していきたい部分ありますけれども……。まぁ、その知ったかぶりをする人っていうのは、非常に落語的に面白いです。「知らない」ってことを言えません。そういう方が現代にいたら大変ですよ。

「TPPって知ってる?」

「おう、知ってるよ。誰だって知ってるでしょう。ペン・パイナッポーアッポーペンでしょう（爆笑）。PPAPです」

そういうことを平気で言っちゃう人ですよ。ええ、こんな会話になる訳。そうすっと落語の世界では、こういう人は皆、先生と言われていたりするんですけれども……。


「先生!」

「なんだ?」

「あの……、今日はねぇ、ちょっと一つ教えてもらいたいと思って、それで、また来ました」

「ああ、いいよ、いいよ。まぁ、ブラックホールの中以外のことだったら、大概のことは分かるからなぁ」（笑）

「ああ、やっぱり、あの中は分からないですか?」（笑）

「ああ、あん中はやっぱり、難しいだろ（笑）?　さすがにな。それ以外のことだったら、大丈夫だぞ」

「ああ、そうすか……、実はウチの娘がですねぇ、修学旅行にこのあいだ行ったんですよ」

「おう、おう、修学旅行、どこへ行った?」

「ええ、京都・奈良です」

「ああ、修学旅行の定番中の定番だな」

「でね、なんかぁ、あの、呪文みたいなものを覚えてきました」

「呪文？　……ホイミ？　ベホマ？」（……笑）

「……ちょっと偏りがありますけれど、これもねぇ（笑）。分からない人は何のことだと思いますけれども、……いえ、そういう短いんじゃないんですよ、呪文っていっても。もっと、ズラズラッと長かったんですよね。……何だったっけかなぁ、ええと……、アオニ、アオニ……、青二才……」

「失礼だな、私に向かって」（笑）

「いえ、先生のことを言ってんじゃないですよ。違うな、そういうねぇ、言って覚えられるような言葉じゃなかったんですね。あお、……あをによし、だ」

「ああ、わかった、わかった。みなまで言うな」

「ええ、みなまで言えないんですよ（笑）。間違えつつやっとここまで言えましたからねぇ」

「じゃ、私が言ってやろうな。

『あをによし 奈良の都は 咲く花の にほふがごとく 今盛りなり』」

「ああ、凄いですね、先生。そらんじてるなんて、よく知ってますね？」

「当たり前だよ。この歌はブラックホールの外なんだからな（笑）。分かるんだよ」

「あ、これ歌なんですか。呪文じゃない……」

「呪文じゃないよ、これは。『奈良の都は 咲く花の におうがごとく 今盛りなり』と、これはお前、万葉集に載ってんだ」

「あ、ああ、あの温泉の？」
「…それは『万葉の湯』だな、それなぁ（笑）。そうじゃなくて、これは古い和歌を集めたものだ」
「えっ！　馬鹿を？」（笑）
「馬鹿じゃないよ。馬鹿を集めてもしょうがないだろう？」（爆笑）
「そりゃぁ、そうですよねぇ、しかも古い馬鹿だなんてねぇ……。せめて新しい馬鹿ですよね」（笑）
「新しいのも集めないよ、お前。五・七・五・七・七という歌だ」
「（宇多田）ヒカル？」
「お前と話してると、話が前に進まないだろう（爆笑）。そうじゃないよ、これはなぁ、小野老《おののおおの》という人が、作ったんだよ」
「おののの か？」（笑）
「言いたいだけだろ？　それぇ（笑）。全然違うじゃないか、お前。何だよ、それ。ビールの売り子とかしてないんだよ。小さい野と書いて『小野《おの》』、老人の『老』と書いて『おゆ』」
「あゆ？　その頃から歌ってたんですね」（笑）
「浜崎あゆみでもないんだよ。ホントに話が進まないね、お前と喋っていると……」（笑）
「どうも、すみませんでした。じゃぁ、先生、あの、今日、訊きにきたのは、そのね、娘が覚えてきた、あれです。あの、あおによし……、うん、え〜、奈良の都は咲く花の……、え〜、におうがごとく、今盛りなりですよ。そのね、意味を教えてもらいたいと思ってきたんですよ」

「意味？」

「意味ありますよね？」

「当たり前だよ。意味が無い訳は無いだろう。意味が無いなんて、そんな意味の無いことは無いよ（笑）。ありますよ」

「それをね、是非、教えてもらいたいんです」

「本当？　……何日ぐらいかかって？」（笑）

「いや、いや、何日とかじゃない。意味を教えてもらいたいんですよ」

（会場から赤ちゃんの泣き声が聞こえる）

「お前、急に来てね、そんなこと言うと、赤ん坊だって泣くよ、お前（爆笑）。突然なんだから……、心の準備が、『アーッ』って言うだろう？　赤ちゃんだって（笑）。そのうち、携帯電話が鳴るよ」（笑）

「もうイイです、その話は（爆笑）、止めてください。来た人も『まずかった』と思っているかも知れないんですから」（笑）

「悪かった、悪かった。……帰る？」

「いや、帰りませんよ。その意味を教えてください」

「あ、あ……、教えて欲しいのか？　しょうがない……。つまりね、じゃぁ、教えてやろう、なっ？　この『あをによし』だがな……」

「……はい」（笑）

「これは、『奈良の都は』ということなんだよ」

「……えっ？」（笑）

「私はここまで聞いてね、驚いた。へぇっ！　そんなことって！　あるの？　ああっ！（笑）　……もうこの感動という言葉が、下から徐々に、徐々に込みあがって来るのを、嚙みしめたねぇ……（笑）。『咲く花の』と言われたときは、もう、大変！　咽喉《こ こ》まで来た、感動が（笑）。ほら、咽喉仏《のどぼとけ》のところ！　……気をつけたほうがいい。うわぁ！　咲く花の……、うぇぇー！（笑）　マジィー！（爆笑）　嘘でしょっ！と、思っていたら、『にほふがごとく』で、もう限界。ドバーッ（涙）。もう、感動（笑）。もう、大変。涙腺が緩んじゃって、ウワァー、そうなのか？　なんて、浸っているうちに、『今盛りなり』！　アァァァー！（笑）　……ということ」（爆笑）

「分かりませんよ。……ただ、切れ切れに歌っただけでしょう、今（爆笑）。あいだに、アーとかウーとか、何すか？」

「いや、いや、いや、……えっー！　今ので分からないっていうの、お前？　こんなに感情を込めてお前に伝えたのに？　伝わってない」（笑）

「いや、いや、いや、まだ何も教わってないでしょう？」

「あれぇ、これはイケナイなぁ。お前は何か聞く力が弱いんじゃない？」

「違う、違います。何も伝えてもらっていないんですよ。だから、意味ですよ」

「分かった。悪かった。悪かった。私はお前を誤解していた。そうだよな、今のは、高度だ、伝え方が。

反省する、ね？　ほら、赤ん坊も静かになったから（笑）、今の内だ。あのね、分かり易く、じゃぁ、お前に説明する」
「最初からそうしてください。分かんなくなっちゃうんでね。混乱しますから、分かり易いように……」
「分かり易いようにだな……。（膝を打ち）……ズンズンチャン、ズンズンチャン（笑）、♪　あをによし、ズンズンチャン、ズンズンチャン、♪　奈良の都ぉ、キュキュキュ！」（笑）
「皆、笑っているじゃないですか、ちょっと（笑）。何すか、それ」（笑）
「だから、……分かり易いだろうな……」
「いや、いや、いや、むしろ違う方向にいってませんか、これ？」
「だから、その、パッションをお前に伝えようと……」（笑）
「伝わってないですし、知りたいのはパッションとかじゃないんですよ。『意味を教えてください』って、あの、……知らないんでしょう、先生？」
「迂闊にそういうことを言うんじゃないよ、お前。ダメだよ、そういうことを言っちゃぁ。これ、ブラックホールの外だろ、お前？　……分かってるよ」（笑）
「分かってます？」
「当たり前だよ。何だと思っている。（ズボンのポケットからこっそりスマホを出し、ナナメ後ろを向いて隠れつつ小声で）ＯＫ、Ｇｏｏｇｌｅ」（笑）
「えぇー、今、何かしたでしょう？」（笑）

「してないよ、煩《うるさ》いな。何を取りだそうと、私の一部だから……（笑）、うーん、だから、じゃぁ、じゃぁ、分かった。『あをによし』だろ？　『奈良の都は』だから、……こっから行ってみよう」

「えっ？　どう行くんですか？　奈良に行くんですか？」

「いや、別に奈良にまで、行くことはないよ。あ、そう、奈良、奈良、奈良！　お前、この奈良とは何だと思う？」

「質問が大き過ぎて……（笑）、答えられないですよ。『何だと思う？』って、だから地名じゃないですか？　町の名前です」

「えっ？　え、ひょっとして、えっ、……嘘（笑）、本当にそう思っているの？」

「え？　……違うんですか？」

「いや、いや、いや。……そう思っているの？」

「……そうですよね？」

「いや、いや、違う、違う。『そう思っているのか?!』と（笑）、私ハッキリと今お前に、訊いている訳」

「そういうの止めてくださいよ。押して来るの……。意味が分かんないですもん。だって、名前でしょう……、そうだと思います」

「正解！」（笑）

「おどかさないでくださいよ（笑）。止めましょうよ、そういう、変なこと。そうでしょう、町の名前……」

「町の名前だ。で、奈良といえば、……鹿だ」

「ええ、そりゃぁ、そうですね。はい、そりゃぁ、奈良といえば鹿です」

「人の数より鹿の数のほうが多い……」

「えっ、そうなんですか？」

「そんな筈はない」（笑）

「そらぁ、そうですよね（笑）。それはそうだと思いますよ」

「うむ、人のほうが三人ほど多い」（笑）

「僅差じゃないですか！　本当なんですか？」

「奈良にはなぁ、地下鉄が無い」

「へぇ〜、そうなんですか？」

「どうしてだと思う？」

「いや、『どうして』って、……分からないですね、そう訊かれましても」

「考えてみな」

「いや、『考えてみな』って、いや、考えれば、アレでしょう？　地下鉄の無い町のほうが、多いと思いますから、別に不思議じゃないんじゃないですか？　もう、いわゆる東京みたいな大きな町じゃないから……」

「それも、そうだけれども、地下鉄のために地面を掘ることが出来ない」

「へぇ〜、ああ、そうなんですか。あぁ、スコップさえ売っていればねぇ」（笑）

「スコップぐらい売っているだろ（笑）？　そうじゃないんだ。掘るだろ？　そうすると、奈良はすぐに遺跡とか、土器とか、出土してしまう訳。で、学術調査とか、な？　しなきゃいけないから、工事はストップ」

「ああ、スコップで、ストップ」（笑）

「余計なことを言わなくていいんだよ。だから、大変なんだ、その調査費用とかが、かかるからな。だから、奈良は迂闊に掘ってはいけない。奈良の鉄則がある。……リピート・アフター・ミー」

「……なんだよ（笑）。なんか言うの？」

「言いなさい」

「何でしたっけ？」

「奈良は迂闊に掘ってはいけない」

「ええ？　な、なんです？」

「いいんだよ。お前だっていつ奈良に来て、掘らなきゃいけない目にあわないとは限らないだろ？（爆笑）覚えておいたほうがいいんだ。身体で覚えるということは、言ってみるっていうことなの。言ってみなさい」

「……奈良は迂闊に掘ってはいけない」

「そうだ。なぁ、だから、高いビルも無いし、地下鉄も無い訳よ。分かった？」

「分かりました」

「その代わりだ。地下鉄は無くても、近鉄を地下鉄《きんてつ》と読めばいいんだ」（笑）

「いや、無理に、そんなことを勧めなくてイイでしょう（爆笑）。近鉄でいいじゃないですか？」（笑）
「ついでに駅のことで言ってやるとな、待ち合わせは、行基《ぎょうき》さんだよ」（笑）
「そうですか？」
「そうです。ここはね、東京の渋谷で演って、ポカーンとしたところだからなぁ、……まぁ、今も大して反応は無いけれどもな」（笑）
「無いですね、確かにね。……行基さん、ありますよね」
「そうそう、あるある。で、奈良は行基さんだろ？　で、奈良といえば……」
「まぁ、ちょっと待ってください。もう、その『奈良あるある』みたいのは、もういいですから（笑）、本題に戻ってくださいよ」
「つまり、『あをによし』だろう。『奈良の都』……、『みやこ』とはなんだと思う？」（笑）
「質問がおかしいですよ（笑）。どう答えるんですか？　だって、奈良が昔、都だったってことじゃないですか？　今、先生言ったじゃないですか？　土器とか、遺跡が出てきちゃうから……」
「（指をさして）エッヘッヘッヘッヘ」
「何すか？　だから」
「お前、本当にそう思っている訳？」
「正解なんでしょう？」
「違う。あれはねぇ、名前です」

「あっ！　美也子《みやこ》さん？」（笑）

「そう。奈良に住んでいる美也子さんだから、『奈良のみやこ』」

「あ、そうなんですか？　あれ、名前ですか？　じゃぁ、その人は花魁ですか？」（笑）

「なんでここに花魁が出てくるんだよ、え？」

「あれ、出てこないんですね。流れ的にそうかなと思って……」

「お前ねぇ、先に言っておくが、この先、相撲取りもね、豆腐屋も出てこないぞ」（笑）

「……ちょっと、これぇ、皆、分からないと思いますよ（笑）」

「そうだな、『何の噺かな？』って、東京でも同じような状態になったたな（笑）。まぁ、あとで作家から説明があると思う」（爆笑）

「なんですか？　それ」

「ま、いいだろう。で、この美也子さんには妹がいてな、この妹の名前が花乃《はなの》ちゃんといって、歳は二十歳《はたち》で、超美人だよ、ミス平城京だから」

「へぇ、そうなんですか」

「それでまた面白いことに、……アッハッハッハ、この、凄いよ。なんと！　この花乃ちゃんは、美也子さんより年が若い」

「当たり前じゃないですか（笑）、妹なんですから。何をそんなに喜んでいるんですか？」

「この花乃ちゃんが、最近になってね、夜な夜な出かけるようになった」

「ああ……、若い娘の夜遊びって、あんまりよくないですね」

「よくないな、うん。お姉ちゃんもそう思った。だから、ある日のこと、言ったんだ。

『(女性の口調で)ねえ、花乃ちゃん、アナタ、この頃、遅いけど何してるの?』

『(舌足らずな女性の口調で)あー、お姉ちゃん(笑)。ワタシね、イイ彼が、彼が出来たの、最近。で、彼がねぇ、夜遅くないと逢え……』」

「(先生の口調で)え?」

「ちょっと待ってください!(爆笑) なにそれ? キャラ、いいんですか、それで?」

「いやいやいや、そんなキャラなんですか? その花乃ちゃんって? 今、一応、先生から情報を与えられた訳ですよ。で、二十歳の超美人のミス平城京っていって、今、この短い間ですけれども、なんとなくイメージはもう、固まりつつあるというか、出て来たときに、(髪を触りながら)街頭インタビューを受けるギャルみたいな(笑)、そんなのですか?」

「煩《うるさ》いな、お前は。難しいんだよ、2人の女の人を演じ分けるっていうのは……(笑)、お前、演ってみろよ」(笑)

「わたしは出来ません」

「出来なきゃね、そういうことを軽々しく、言ってくれるな、お前。お客が期待するから」

「何ですか、それ?」(爆笑)

「だから、……しゃぁねぇ、演るか……。難しいよ、急に。

『（落ち着いた女性の口調で）ねぇ、花乃ちゃん、……この頃遅いけど、どうした……』」

「お母さんみたいですよ」（爆笑）

「だから、お前が余計なことを言うから、……おかしくなるよ、お前、本当に。バカじゃない？　お前。

『（舌足らずな女性の口調で）だから、お姉ちゃん、ワタシ、イイ人が出来たの。その彼が、夜じゃないと逢えないって言うから……』

『（落ち着いて）その方は、お仕事は何をしているの？』

『それが、分からないの』

『えっ？　お宅はどこなの？』

『分からないの』

『で、名前は何ていうの？』

『分からないの』」

「分からな過ぎですよ、それ（爆笑）。なんですか、それ？　えっ？　仕事も分からない。名前も知らない。住んでるところも知らない。知られちゃいけないって、『デビルマン』ですよ、それ（爆笑）。何ですか、それ？　絶対に騙されていますよ、花乃ちゃんはぁー！」

「落ち着きなさい（笑）。興奮しないの」

「あ、すみません。美人の話だと聞いたものでね、つい興奮しちゃって」

「まぁまぁ、落ち着きなさい。お前が興奮するのも、無理はない。お姉ちゃんも、同じように思った訳。

『(女性の口調)アナタ、きっと、それ騙されているんじゃないの?』
『(舌足らず)お姉ちゃん、何で、そういうことを言うの? 嫉妬しているんじゃないの? ワタシたちの仲を裂くつもり?』(笑)
と、喧嘩になったなぁ」
「まあ、喧嘩になるでしょうね」
「ところが、お姉ちゃんには信念があった。妹可愛さに、……そりゃぁ、どんなに良い相手であっても、そういう怪しい男とは、恋仲を裂いたほうがいい。そういう思いがあったから、何とか説得をしてだ。あるデートのあとに、……その別れたあとに、姉妹は男に内緒で、そっとあとをつけて行った訳だなぁ。男は何にも知らない。奈良の街を南へ南へと歩いて行った。するとある一軒のあばら家に入っていった。姉妹2人は、(指をなめて障子に穴を開けて)覗《のぞ》き見をした」(笑)
「だいぶ、覗き方が『昭和』ですね」(爆笑)
「そうそう、で、覗いていると、男は『ふっふっふっ、あの女(笑)、もう一息で落とせるな』と言ったかと思うと、その男の背中がグゥーッと広がって、大きくなって、着ているものがビリビリッと……」
「あっ、やっぱり『デビルマン』ですか?」(爆笑)
「話は最後まで聞きなさい。身体が、ガァーッとなって、顔は真っ赤になって、目はキューッとなって、口はグゥーッと裂いて、裂いた口からはキューッと牙が、角がニョキッ!」
「あ、鬼? 鬼だったんですか? ちょっと、待ってください。恋愛ものだと思って聞いてたけど、ホラ

ーなんですね」（笑）

「そう、明日香村というところにはな、石の舞台があって、石で出来た『鬼の雪隠《せっちん》』、『鬼の俎《まないた》』とかあってなぁ。鬼がいたという伝説があって、美女をさらっていったという話があるんですよ。さぁ、この姉妹が、それを見て驚いた。『あっ！　鬼よ！』、『シー！』と言ったけど、既に遅し（笑）。『そこで、覗いているのは誰だぁ？』」

「怖い話になりましたね」

「さぁ、必死で2人は逃げた。『キャー』と言って走って、走って、走って、逃げて、逃げて、奈良の東大寺に駆け込んだ」

「いや、ちょっと待ってください」（笑）

「何だ？」

「いや、いや、いや、いや、何か、今、追っかけてねぇ、ご近所のお寺に駆け込んだみたいなニュアンスですけれども（爆笑）。今、明日香村にいるって言いましたよね（爆笑）。さすがにわたしも知っています。そんなに近い距離じゃないですよ、東大寺は（笑）。結構、車で行ってもね、4、50分とか、結構あるんじゃないですか？　それを駆け出したんですか？」

「お前に言い忘れていたことがあるんだけれども、この姉妹はね、マラソン部だった」（爆笑）

「そうなんですか！　じゃぁ、そのくらいは駆けられる」

「そのくらいは駆けたもんだよ。さぁ、東大寺に駆け込んで、大仏さんにお願いをした。

『(舌足らず) お願いです大仏様。どうか、あの鬼を退治してくださぁい!』

と、頼んだら、帰りがけに『待て』との声。南大門《なんだいもん》のところで振り向くっていうと仁王様が立っていたな。仁王っていうのを、知っているか? 1人はなぁ、阿形《あぎょう》といってな、口を大きくアーッと開けてな、もう1人が吽形《うんぎょう》といってな、口を閉じてン~みたいのな(爆笑)。この、アーとウンで、阿吽《あうん》。阿吽の呼吸というのがこれから始まったんだ」

「ああ、なるほど……、仁王様があうんなら、志村けんはアイーンですね」(笑)

「つまらねぇことを言ってんじゃないよ、お前は。

『(舌足らず) どうか、仁王様、助けてください』

『おう、助けてやろう。だが、我々はこの大仏様をお守りするのが役目。そこで……』

と、言うので、1人の仁王様が自分の髪の毛を摑むというと、フィッと、息をかける。5体の小さな仁王様が、『仁王です』、『仁王です』、『仁王です』、『仁王です』、『仁王です』(爆笑) と、現れた」

「孫悟空みたいなんですね」(笑)

「そう。さぁ、もう一人の仁王様は、『じゃぁ、自分も』ってんで、両手で髪の毛を摑んで、同じように息を吹きかける。と、小さな仁王様が9体現れた。『仁王です』、『仁王です』、『仁王です』、『仁王です。どうぞ、よろしくお願いします』、『仁王で、ゲス。こんちは』、『仁王です』、『仁王です』、『仁王です』、

『仁王です』」

「ちょ、ちょっと、すみません。やっぱり、キャラが変ですよ、それ。そんな仁王様は聞いたことがない。

大体ねぇ、数がおかしいでしょう？　最初、５人で、次、９人って言ったでしょう？　そりゃ、おかしいじゃないですか。だって、片手で５人だったら、両手だったら10人でしょう？　なんで９人なんですか？」

「いや、もう１人の仁王様は、ちょっと薄毛だったから」（爆笑）

「そんな理由なんですか？」（笑）

「さぁ、５人と９人で合わせて14人の小さな仁王が、ヴァーッと鬼に向かって一斉に戦いを挑んでいった。鬼も『やられちゃいけない』って、ブワァーッと駆け出すとな、深い山の中へと入って行った。（戦いの所作の連続）プシュー、ガッ！『うわぁ！』、（仁王が腕に噛みつく、すかさず払う鬼）バッ！　バン（仁王を殴る鬼）！　バン！　バン！（刀を抜く仁王）キイン！　チン、チンチン（鍔迫り合い）！　プ、プシュー！（笑）（空中戦の模様を、顔の前で指の表現）ピシャピシャ、ピュー、ピュー、ピシッ！　ピシッ！（爆笑）（かめかめ波のかまえ）ウワァー！（笑）（波動拳のかまえ）ビヤァー！（爆笑）（二本指を額に当てて、光線を出す）『これだぁ！』、（空中戦の模様を、顔の前で指の表現）パン！　ピシ！　ピシ！　ピシー！『ぶわぁ！』（右からのダメージを受ける仁王）、プシュー！『ぶへっ！』（左からのダメージを受ける仁王）、パン！、パン！　ピシッ！　タタタタタ、（爆笑）ピシ！（空中戦の模様を手で表現）『ぶわはぁ！』、（口から炎を吐く鬼の所作）『ブワァー』（爆笑）、（炎を避ける仁王の所作）『わぁー』、（指で四角形を形作って、バリアのような所作）タタタタ、バン！『うわぁ！』、バン！　タタタタ、『うぁぉ！』、バン！ピシ！（爆笑・拍手）（口から血を吐いて倒れる仁王の所作）」（拍手）

「先生、楽しそうですね？」（笑）

「楽しそうとかじゃないよ。『バトル・オブ・ナラ』が繰り広げられた（笑）。さぁ、気がつくと、仁王様は皆やられてしまって、残り1体になってしまった。どうも、分身の術になると、ちょっと弱いかも知れない」（笑）

「いや、いや、かなり弱そうでしたよ。だって、幇間みたいに、『仁王で、ゲス。こんちわ』なんて言ってましたから（爆笑）。普通の人でも戦って勝ちそうな感じでしたけれどもね」

「さぁ、鬼の勝利かと思った。そこにだ、助っ人が現れた！」

「おっ！　やっぱりそういうもんですよね。助っ人が来ましたか？」

「助っ人が来たよ。これが、熊にまたがって、マサカリ担いだ金太郎だ」

「ちょ、ちょっと待ってください（笑）。金太郎が出るんですか？　そこで？　いや、いや、昔話は出て来てもいいですよ、百歩譲って。それだったら、桃太郎でしょう？」

「なぜだ？」

「だって、鬼退治をするんですから」

「（膝を打って）上手い！　なるほどな。（袖に向かって）山田君、……」（笑）

「座布団、持って来ませんよ（笑）。この家にいないでしょう、山田君は。大体、金太郎っていうのは足柄山ですよ。神奈川県でしょう？　おかしいでしょう？」

「確かに、……そうだよ、金太郎、坂田金時は足柄山だ。ところがな、大江山というところでな、鬼退治をしたという記述も残っている訳だ。大江山はどこだ？　京都だろ？　すぐ来ちゃう。奈良なんて」（笑）

「あっ、それなら分かりますね」
「そうだろう。で、
『（女性の口調）金太郎さぁん！　鬼の急所を狙ってねぇ〜』
と、美也子は言ったな」
「え、えっ、美也子も、いたんですかそこに？」（笑）
「いたよ」（爆笑）
「だって、かなり激しい戦いで、険しい山の中……（笑）、よくこの短い時間の中で付いて来ましたね」（笑）
「ああ、付いて来た。ああ、お前に言い忘れたけどね、美也子は山岳部でもあったんだ」（爆笑）
「何でもいいですよ、もう」
「『金太郎さぁ〜ん、鬼の急所を狙ってねぇ〜。急所は胃袋よぉ〜ん！』」（笑）
「ちょ、ちょっと待ってください。キャラがだいぶ変わりましたね」（笑）
「もう、美也子の多面的なところを知って欲しいと思ってな（笑）。『心得た』と、金太郎はニッコリ笑うと、担いでいたマサカリを、『えいや』っと投げた。ひゅん、ひゅん、ひゅんと、弧を描いた。ひゅん、ひゅん、ひゅん、鬼の急所の胃袋に、グサッ！　『うわぁ〜！』と、鬼はことされた」
「（拍手）パチパチパチ、やりましたねえ！　先生」
「うむ、やったなぁ」
「ウワァー！　凄いですね、金太郎」

「うむ、凄かったな」
「ウーン、それから？」
「終わり」（笑）
「あれ、いや、いや、終わりってことはないでしょう？　この先は？」
「だから、これでお終い」
「えっ、そんな尻切れトンボな……。だってね、もうちょっとあるでしょう、鬼が死んだと思ったら、大きなサソリの姿に変わったとかね（笑）、大きなトカゲが出て来たとか、戦いが終わったとしても、金太郎と美也子は結ばれて、めでたく暮らしましたとさとか、もう一エピソードあってからのエンドロールでしょう」（笑）
「お前、映画の観過ぎなんだよ。話をちゃんと聞いてた？」
「うん、聞いてましたよ」
「これで、終わりでいいの。ね！　奈良に住んでいる美也子さんが、妹の花乃ちゃんの恋を裂いたろ？『奈良の美也子は、裂く花乃』だ」（笑）
「あぁーっ！　これ、さっきの歌の意味ですか？」（爆笑）
「そうだよ、この私のパッション、情熱！　何でのんびり聞いているの、お前？」（笑）
「いや、いや、いや、あんなに長い話だったから、別の話だと思って聞いていたんですよね（爆笑）。それで、どうなったんですか？」

「『どうなった？』って、だから今言った通り……」
「そこまで分かりました。で、それで？」
「だから、根本を正してみようか？　この姉妹２人は男のあとを付けて行って、昭和の覗き方をしたろ？
そのときなんて言った？『あっ、鬼よ』、『シー！』だろ？『あ、おに、よ、しー』」（爆笑）
「あっ、あれ、切るんですね？」
「そうだよ。和歌とか羊羹とかは、切って味わうもんだからな」（爆笑）
「あっ、そうなんですか？　気がつかなかった」
「それから、あとは何だよ。仁王様のところで、分身が出たろう。何体いた？」
「半端な数でしたよね……、えーと、５人と９人……」
「そう。『仁王が五《ご》と九《く》』だ」（笑）
「ああっ！　五と九！　だから10体じゃいけなかった」（笑）
「そういうことだよ」
「え、えー、」
「あとはなんだな。最後に金太郎が出て来て、マサカリを投げて胃に当たったろ？『胃マサカリなり』
だ」（爆笑）
「……だから、桃太郎じゃダメだったんだ（笑）。マサカリが必要だから、金太郎でないと……」（爆笑）
「そういうことなんだよ」

「へぇー！　どうなりました？」

「最初っから言うと、『あ、鬼よ、しー　奈良の美也子は　裂く花乃　仁王が五と九　胃マサカリなり』だ」（爆笑・拍手）

「ああ、なるほど。気がつきませんでした。『胃マサカリなり』、『今、盛り也』じゃないんだ……。ちょっと、あれ？　やっぱりこの話ヘンですよ」

「何が変なんだよ？　聞こえたろ？　近所の拍手が、今（爆笑）。もう十分だろ？」

「いや、いや、いや、だってね、おかしいですよ。『胃マサカリなり』って、『胃マサカリ』で終わっていいでしょう？　話が早く終わったんだから。『なり』って余計に思いますよ」

「……お前もねぇ、私がここまで頑張ったんだから（笑）、ほぼほぼＯＫだろう？」

「『ほぼほぼＯＫ』じゃありませんよ（笑）。大体この話は聞いていればヘンですよ。ミス平城京って言ってみたり、なんですか？　マラソン部とか、山岳部とか言ってみたり。美也子だって、何をしている人かよく分からないし、ね？　人物描写、時代背景、もっと深く掘り下げてくださいよ！」

「いやぁ、それは出来ないな」

「どうしてですよ？」

「だって、奈良は、迂闊に掘ってはいけない」

岩手『トーブ鉄道の夜』

2018年11月28日　盛岡市そば処東家本店

【登場人物＆前説】

★おもな登場人物
ケンジ……若者。
みどりの窓口の人……女性。
トーブ鉄道の車掌……年配の男性。
車内販売のわんこそばのお姉さん
じいちゃん……ケンジのお祖父さん。

この47都道府県落語シリーズを始めると決めた時、難しいことになるだろうなと思った県がある。岩手県と福島県だ。理由は、東日本大震災だ。

ご当地の現代の落語を作るのだから、その土地のいいこともいやなことも扱う。しかも、笑える噺にしなければならない。真正面からあの震災を扱えば、それはたぶん落語にならないだろうし、かといってまったく触れないのも不自然だ。

この落語は東京にいる主人公が、亡くなった岩手のお祖父さんの墓参りに行きたいというところから始まる。亡くなったのが七年前というセリフを、あえて言わせた。初演が2018年というところから推測すれば、わかる。もっとも、そんなのは作り手の勝手なこだわりかもしれない。そんなこと考えず、単純に聞いてアハハと笑ってもらえれば、それで十分なのだけど。

耳で聞けば「とうぶ鉄道」という音は、東京の人なら「東武鉄道」と置き換えて理解するだろう。が、岩手の人なら「イーハトーブ」と「銀河鉄道の夜」から、「トーブ鉄道」と置き換えるのではないか、と考えて作った。

この落語の公演で初めて岩手県の盛岡に行った。私は西の人間なので、街なかを流れる川に「サケ遡上中」という看板があるのを見るだけで感動した。盛岡は文学の香りが漂う街で、とても好きになった。岩手の方は宮沢賢治と石川啄木を本当に愛してるんだなあということも、よくわかった。

＊

翌年の三月だったと思う。花緑さんから連絡があった。なんでも、岩手県の花巻で落語会があったらしい。独演会ではなく、他の何人かの演者さんと一緒の会だ。

ある方の高座が大受けでやんやの大喝采。そのあとに上がるのが花緑さんだ。こういう時、普通はやりにくいものだろう。しかし、花巻はまさに宮沢賢治の地元だ。そこで、この「トーブ鉄道の夜」をかけたという。結果、お客さんに大いに喜んでもらえた……という報告。私はその場にいなかったのだが、ほっとした。作ってよかったと思った。

今日はそういう訳で、岩手落語をこれからお聴きいただくんでございますけど、……とにかく岩手県は広いじゃないですか。

岩手県が広いっていうのを、こういう説明の仕方をさせてください。わたしは東京に住んでるじゃないですか。そうすると、皆さんに向けて、「東京に住んでる」って言うとね、皆さんの中で、「花緑は、東京の全てを知ってるんじゃないか」とか、「何か質問すれば、東京の全てを答えてくれるんじゃないかな」って、何となくそう思う方がいるかも知れませんけれど、東京に住んでるわたしですが、東京のことを殆ど知らないって話なんですよ。

ぼくは新宿区に住んでいるんです。新宿区に住んでいるからといって、新宿区役所に行くのに、山手線を使うと三つの駅を越えたところでやっと新宿駅に行けるんですよ、区役所に。歩いて行けるところには、区役所はないんですよ。だから新宿区、東京がね、そう広くないといっても広いんですよ、実は。その23区っていうのがあって、自分が住んでる場所、例えば通う会社があるとか、学校があるとかって、そういうことで行く区はあるでしょう。ぼくで言うと、その寄席があるところとかはね、よく知ったところはありますけど、行かないところもありますよね。

23区外ってことになると、三鷹があって、八王子があって、檜原村《ひのはらむら》とか、山のほうまで東京ですから、殆ど行かないところもある。神奈川県もそうでしょうね。そうやって、鎌倉があって、横浜があって、川崎があって、それ以外はよく分からない訳ですよ。そんな東京と神奈川と、千葉と埼玉を、これ足しましょう。ついでに、ここに大阪府も足して、この面積が皆さんの岩手県の面積（笑）。こういう説明の仕方……（笑）。もうね、東京人はビックリする訳、それだけでも。今言ったように、東京だけでもそんな知らないのに、わたしが。岩手県はどれだけ広いんだってことでしょ？

はっきり言っちゃいましょう。皆さんだって、岩手のことを知らないでしょう（笑）。全部行った人いないでしょう、多分ね。主要なところとか、行ったことなくても、いろいろなことで頭の中に入ってるかも知れませんけれども、地図はね。で、もっとややこしい情報を、わたしは知りました。

あのう、南部鉄器ってね、有名な。今回のポスター面白いのを作っていただきました。わたしが南部鉄器を頭に乗っけているでしょう。あれ大変だったんですよ、バランスとるのに（爆笑）。鉄製だから、重たくてしょうがないからね（笑）。あの南部地方っていうのは、この岩手の北部にあるんでしょう？　あれ、何すかね？（爆笑）それで度肝を抜かれて、「えっー！」って。で、岩手の南の下のほうには、あれでしょ、北上市があるんでしょう？（笑）間違ってるよ、名前の付け方が（爆笑）。それで、民話で登場する遠野って場所は、今度は逆に意外に近いのかと思うと、ちゃんと遠いって（爆笑）、どういうことなんですか？　おかしいでしょう？　これ。

多分わたしは思いますけど、この岩手県っていうところはですね、時空が歪んでると思うんですよ（爆笑）。皆様どう考えられますでしょうか？

「ふるさとの訛なつかし停車場の　人ごみの中にそを聴きにゆく」

ご存じ石川啄木さんの歌ですけれども。この歌碑というのが上野の駅にあるんですね。15番線のホームの……、入り口っていうんですかね。下の中央改札みたいなところを入って行くと、そこにあるんですよ。ですから、この啄木の時代っていうものは、上野駅が東北への玄関口だよって、東京人にとってはそういうポイントなんですよね。そんな位置付けであるというところで、この上野駅の、みどりの窓口で噺がはじまる訳なんですけれども……。


「(女性駅員)お待たせいたしました。次の方、どうぞ。……どうぞ」

「(左右キョロキョロして)ああ、オレ? ええと……、岩手県まで、大人1枚」(笑)

「……岩手県の何駅ですか?」

「あ、そうか。じゃ、岩手駅まで、大人1枚」(笑)

「……申し訳ございません。岩手駅というのは、無いんです」

「え、無いの? だって青森県には青森駅、秋田県には秋田駅があるじゃないですか?」

「はい、ですが岩手県には岩手駅というのは無いんですね」

「えっ、なんで?」

「『なんで』って訊かれても、私も困るんですけれども……(笑)、そうですねぇ、岩手県はとても広いですからねぇ、東北新幹線の駅だけでも、7つありますからね……」

「へえ、そうなんですか? そんなに……」

「はい。とっても広いんですよ。東京と神奈川と埼玉と千葉と(笑)、更に大阪を合わせたくらいの面積なんですけれども、ご存知でしたか?」(笑)

「……それ、ついさっき知りました（爆笑）。そうなんですよね」

「はい、広いんですねぇ、とっても広いんです。で、もっと言うとですね、あのう、紀伊半島ありますね？　日本最大の半島・紀伊半島という……、あの紀伊半島の約1・5倍の大きさなんですよ」

「へえ！」

「後はですねぇ、これもご存じじゃないですかね。四国がありますね、あれを一回り小さくしたぐらいが岩手県の大きさと言われております」

「へぇぇぇぇ～」（笑）

「ですからね、東京を出て青森に行こうと思いますでしょう。そうすると、行けども行けども岩手なんですね（爆笑）。「まだ、岩手？　まだ、岩手？」みたいな感じで（笑）。岩手三昧（笑）、岩手祭りみたいな感じで続いて行くんですね（笑）。ですから、名前を言っていただかないと、駅名が無いと、チケットは取り辛いんですね」

「……ああ、そうですよね。そりゃそうだ。もう、ガキの時分に行ったきりなんですよね。だから、ちょっと駅名とか覚えていなくって……」

「わかりました。私も窓口のプロですから（笑）、何かキーワードを仰っていただければ、、そこから駅名に辿り着けるかも知れませんので、何か、こう、思い出していただきたいんですね。え～、景色とか？」

「ああ、そうですね。景色、景色、景色……、あっ、山がありました」（爆笑）

「山ですね……、あとは？」

「あとはですね、田んぼがありました」(爆笑)
「田んぼですね、田んぼありますね。あとは？」
「あとは、う～ん……、空がありました」(爆笑)
「当たり前ですね、それね」(笑)
「あっ、しかも青い空です」
「本当に当たり前ですね」
「う～ん、あとは……、以上です」(笑)
「それだけですか？　岩手県内じゃなくても、日本中同じ景色だと思いますよね」(笑)
「そうすよね……。とにかくガキの時分に行ってたから、『じいちゃんち』ってことしかね、頭の中に無いんですよ。弱りましたねぇ」
「お待ちください。お祖父《じい》様の家があるんですか？」
「はい」
「でしたら、そのお祖父様にお電話して訊いたらいいじゃないですか？」
「……いや、ダメなんですよ。祖父ちゃん、7年前に死んじゃったんですよ」(笑)
「大変失礼いたしました」
「別にイイんですよ。ただ、墓参りをしてなかったから、行って墓参りしたいなと、そう思ったから……」

「そうだったんですか、ではビジネスでも観光でもない、思い出の旅だったんですね。それでしたら、東北新幹線でなくても、よろしいかと思いますけれども」

「え？」

「あのう、……トーブ鉄道？　……トーブ鉄道ではいかがでしょうか？」

「……トーブ鉄道？　ちょっと待ってください。いやいやいや、トーブ鉄道って、東武東上線とか、スカイツリーラインとか、東武日光線とかですよね。あれ、池袋とか浅草じゃないですか？　えっ、上野って、岩手行きの東武線ってありましたっけねぇ？」

「はい、実は特別列車があるんで、少々お待ちください。（横向いて、機械を操作しながら）あのう、本日の出発でよろしいですか？　……はい。ん…大人１枚？　……はい。窓際が空いてますんでとりますね。（機械から出て来たキップを取って）……では、このキップを持ってですね、エレベーターで地下へ下りてください」

「えっ、地下なんですか？」

「はい、地下４階が東北新幹線のホームなんですけど、それよりずーっと更に下にですね、地下９と４分の３階というのがありまして（笑）、特別なホームがあるんです」

「……ハリー・ポッターみたいになってきましたねぇ。そうなんですか？」（爆笑）

「はい、そこに……、あっ、大変です！　出発時間が近づいてますから、急いでくださいね。あの、ここを右に出てください。で、左へ行って、もう一回右に曲がって、くるっと回って正面のエレベーターで、地下です。急いでください！」

「（キップ持って走りながら）分かりましたぁー！　ああ、分かりもしないのに、『分かりました』って言っちゃった（笑）。え〜と、右へ行って、それから左へ行って、『また右へ行け』って言っていたね。それで、くるっと回って……、なんで回んなきゃいけないんだ、ここで？（笑）　……でも、目の前にエレベーターがあった。え？　知らないよ、こんなところにエレベーターあったっけ？」

男は怖々エレベーターに乗り込みますと、何の変哲もないエレベーターです。で、階数のボタンを見ると、

「え〜と、B1、B2、B3、B4……、えー、B4しか書いてないじゃん。どうするの、これ？　その地下4階で乗り換え……、（視線をずーっと下に下ろしていくと、なんと足下近くにもう一つボタンがある）ああ〜、あった。B9と3／4（笑）。分かんないから、こんな下、誰も気がつかないでしょう？　っていうか、急いでいるから、ポチッ」

さぁ、ボタンを押しますと、カチャーンと扉が閉まりまして、ビュアーッとエレベーターは下りていく。

「うわぁー！　速い、速い、速い！　怖い！　怖い！　怖い！」

パッ、パッ、パッ、地下4階を過ぎたあたりでパッと電気も消えて、

「うわぁー！　照明消えて真っ暗！　何これ？　怖い！　怖い！　怖い！　停電だ、これ！」

ガタガタ揺れ始めて、

「うわぁ！　ガタガタ揺れているし、怖《こえ》ぇ！　怖ぇ！」（笑）

ガタガタタッ、ガタガタタッ……、ガタガタタン、ガタガタタン〜、ガタガタタン〜。

「……あれ？　聞き馴染んだ音になってきた」

ガタンゴトーン。ガタンゴトーン。

「あっ、明るくなった。眩しい、これ。……あれ、こんなところに窓があったかな？」

ガタンゴトーン。ガタンゴトーン。

ガタンゴトーン。ガタンゴトーン。

「うわっ、山。キレイな山だな、これなぁ」

「田んぼもキレイだし（笑）、青空だからいいよね。緑が映えてさぁ……」

ガタンゴトーン。ガタンゴトーン。

「……ん？　電車、これ（笑）？　電車でしょ、これ、気がついたら」（笑）

「ご乗車ありがとうございます。キップを拝見いたします」

「車掌さん来たし、……どうなってんの、これ？　あ、あの」

「キップを拝見いたします」

「は、はい、これ（キップを渡す所作）」

「はい。ありがとうございます」

「あ、あの、すみません。ここ、電車ですか？」

「はい、ご覧の通り明らかなる電車ですねぇ」（笑）

「そうですよね、……東武線ですか？」

「はい、そうですよ」

「ええっ、東武なに線ですか？」

「イーハですね」

「ああ、東武イーハ線、……へぇ」

「違いますよ。東武イーハ線じゃなくて、イーハトーブ線ですねぇ」（笑）

「イーハトーブ線？　……イーハトーブ！（爆笑）　思い出した！　じいちゃん、オレがガキの時分に言ってた。『岩手県ってのは、イーハトーブって言うんだぞう』って……」

「はい、そうですね。かの宮沢賢治が命名しました」

「そう！　宮沢賢治だ。もう、じいちゃん、大好きで。『岩手が生んだヒーローだ！』って言ってて、それでオレ、ケンジって名前が付きました」（笑）

「ああ、良いお名前ですね」

「じいちゃん、『ヒーローだ。ヒーローだ』って言うもんだから、こっちはもうね、調子に乗ってヒーローごっこなんてやってましたから……、『ケンジ～Z！』って（決めポーズ）」（笑）

「良い思い出ですね」

「ええ、そうなんですよ。で、とにかくじいちゃんは、『宮沢賢治、宮沢賢治、宮沢賢治』だったから、じいちゃんを喜ばせるのはこれしかないと思って、詩とか覚えたり……、あれ、『雨ニモマケズ』を覚えましたから……」

「ああ、あれは有名ですからね。『雨にもまけず　風にもまけず』……」
「そうそう。『風にもまけず』でしょう。インフルエンザにもまけず』……」（笑）
「え？　インフルエンザ？」
「だってさぁ、風邪の強《つえ》ぇのがインフルエンザでしょう？（爆笑）　もう、絶対に負けちゃいけないと思うんだよね。予防注射とか、やってます？　予防注射、アレ、絶対にやったほうがイイですよ。行ったんですけどねぇ、今年は出遅れたんですよ。耳鼻科行ったんですけれど、近所のね。そうしたら、もう、凄いんですよ。『ワクチン、もう、ありません』って、『いつ入荷かも、分かりません』って言われて、『でも、予約だけで30人並んでます』って言われて、途方に暮れてて、『今日しか打てない』って思って、しょうがない。どうしようかなって思ったら、『無添加のモノはあります』って（笑）、聞いたことがあります？　『無添加って何ですか？』って、訊いたらね。それはね、防腐剤が入っていなんだって……。そういうモノでないと打てない人がいるって言うから、『そういう人の専用なんですか？』って、訊いたら、『いや、あなたもどうぞ』って（笑）、『イインですか？』って言って、『じゃぁ、やります』って言った途端ですよ、『7千円です』って、どう思います、これ？」（爆笑・拍手）
「……高いですね？」（笑）
「高いでしょう？　何で、こんなに長く喋ると思います？（笑）　……本当の話だからなんですよ（爆笑）。打ったんですよ、7千円の（爆笑・拍手）。だから、生きの良いインフルエンザ菌がうようよしていますよ。妻と一緒に行ったから、1万4千円」（爆笑）

「高かったですね」（笑）

「高いんですよ。そんな話置いておきましょう。その先も覚えましたよ。え～と、『一日に玄米四升と』……」

「四升ですか？」（笑）

「はい、『味噌と少しの野菜と、肉と魚と乳製品と、締めのラーメンを食べ。デザートはケーキ』……」

（笑）

「食べ過ぎですね、どうもねぇ」（爆笑）

「『あらゆる店で、自分の勘定を払わず』……」（爆笑）

「嫌われますね、そういう人は」

「『東に病気の子供あれば、行って浣腸してやり』……」（爆笑）

「お腹の病気だったんですかねぇ？」

「『西に疲れたママあれば、店に行って飲みながら、人生相談に乗ってやり』……」（笑）

「色っぽい話になってきましたねぇ」（笑）

「『北にミサイル撃つ将軍様があれば、つまらないからやめろといい』……」（笑）

「現実的になってきましたねぇ、段々ねぇ」（笑）

「『みんなにデクノボーと呼ばれ』……」（笑）

「もう呼ばれてますね、そんなこと言っていると」（笑）

「（膝を打つ）カンペキに覚えていたでしょう？」
「カンペキに間違ってますねぇ（笑）。しかも突然ブチっと終わってますしね」（笑）
「……それよりさぁ、この車両を見てたんだけどさ、何これ、何か変わった人ばかり乗っていない？」
「そんなことないですよ。岩手に所縁《ゆかり》のある人ばかりが御乗車しておりますよ」
「ええ、だって、あの大きな荷物を持っている人、あれ、誰？」
「あ、……あれは、チェロを持ったゴーシュさんですね」（笑）
「セロ弾きのゴーシュさんですか……、じゃぁ、反対側でもって、窓開けちゃって、ブワァーッと風を浴びている人は？」
「ああ、あれは風の又三郎です」（笑）
「（風を受けるポーズ）又三郎Ｚ！（笑）（セロを弾くポーズ）ゴーシュＺ！（笑）」
「ハッハッハ、それぞれの特徴を表してますね」
「その脇で、ブワーッと風を浴びているけど、その横で風のあおりを食らって、鼻をグズグズグズグズしちゃっている人がいますね」
「ああ、あれは、グズ公のブドリですね」（爆笑）
「グスコーブドリ！　涙出して、可哀そうだと思ってね」
「はい、もう、ジョバンニとかカムパネルラとか、みんな揃ってますね」（笑）
「いろんな人が乗っていますね。……あ、向こうに何ですか？　全身みどり色の人がいますけれど？」

「アッハッハッハ、河童《かっぱ》ですね」（爆笑）
「河童？　あ、河童いますか、やっぱりね。そうですよね、民話の町ですからね。（頭の皿を手にとるポーズ）河童ぁ～Z！」（笑）
「お皿が帽子になってますね、それね」（笑）
「なんか、一所懸命食べてますね」
「ああ、あれはキュウリですね」
「河童ってキュウリが好きなんですかね？　美味しそうに食べますね。（河童がキュウリを食べる所作）」
（爆笑・拍手）
「何か、微妙なことを演ってますね、今ねぇ（笑）。もの凄いですねぇ。へぇ～」
「そのキュウリ食べている後ろで、じーっと見てる子供がいますけれど、何ですか、あれ？」
「あっ、座敷童《ざしきわらし》です」（爆笑）
「ああ、やっぱりねぇ。座敷童もいますよね、岩手はそうだ。いろんなねぇ、ものがいるんですよね」
「（車内販売の口調で）お弁当に、お茶。わんこそばはいかがですかあ？　お弁当に、お茶。わんこそばは話しをしておりますと、車内販売がやってまいりまして……、
いかがですかあ？」（爆笑）
「マジすか、あれ？　わんこそば、車内販売しているんですか？」
「ただいまキャンペーン中につき、百杯無料（爆笑）、百杯食べると無料になっております」（笑）

「ハァーイ！　やります！　オレ、自信あるんすよ。めっちゃやります！」

「（販売員）はい、お客様、ありがとうございます。ですが、時間制限がございますよ」

「時間制限、……大丈夫。ああ、そのくらいだったら絶対大丈夫。車掌さん、すみませんけれども、ちょっと時間を見ていてもらえますか？」

「分かりました。私も職業柄、時刻には厳しいですからね（笑）。（腕時計見て）では、まいりますよ。よろしいですか？　はい、では、用意、スタート！」

「（お椀でかっこむ）チュルルルルル、ウムウムウム……」

「（販売員）はい、ドーンドン（おかわりを入れる）」

「チュルルルルル、ウムウムウム……（空のお椀を差し出す）」」

「（販売員）はい、じゃんじゃん！」（笑）

「チュルルルルル、ウムウムウム……、美味いですね、これね。チュルルルルル、ウムウムウム……（空のお椀を差し出す）」「（販売員）さあ、どんどん！（どんどんおかわり入れる）」

「チュルルルルル、ウムウムウム……、美味い、美味い、（空のお椀を差し出す）幾らでもいける。……数えてます？　ちゃんと」（笑）

「（販売員）はい、どっこい！（どんどんおかわり入れる）」

若いですから、この男、10杯。20杯、30杯、40杯、50杯までやってまいりまして……、

「……ちょっと待ってください……、あれですねぇ、やっぱり、50まで来るとねぇ、わんこそばも人間

も、やっぱり50超えると大変ですね（爆笑）。（お椀でかっこむ）チュルルルルル、ウムウムウム……（空のお椀を差し出す）」
「（販売員）さあ、どんどん！（どんどんおかわり入れる）」
「チュルルルル、ウムウム……」
「（販売員）はい、じゃんじゃん！（どんどんおかわり入れる）」
「（お椀でかっこむ）チュルルルルル、ウムウムウムウム……、チュルルルルル、ウムウムウム……、汁は捨てちゃえ、チュルルルルル、ウムウムウム……」（笑）
さぁさぁ、60、70、80……、とうとう90までやって来て、
「……あ～、ちょっと、ちょっとすみません……、あと10杯で、無料……ねぇ、時間は？　……ああ、あんまりない？　大丈夫、こういうときのためにね、『時そば作戦』ってのがありますから……」（爆笑）
「（車掌）なんですか？」
「古典落語が好きなもんですからね（笑）。いっちゃいますよ、今、何時《なんどき》だい？」（笑）
「（車掌）なんですか？」（笑）
「今、何時だい？」
「（車掌）何がですか？」
「言葉が通じないね（爆笑）、今、なんじですか？」
「『今、何時ですか？』、ああ、時計はご自由にご覧ください」

「ごじゅ、う、に、？」

「（販売員）はい、53（爆笑・拍手）、54！」

「ヒィーッ、何これ?! 戻っちゃったじゃん。食べられないし、時間もないや」（爆笑）

「（祖父の口調で）ハッハッハッハッハ！　上手くいかなかったみたいだな。お代は私が払いましょう。おいくらですかな？　……分かりました。じゃぁ、ちょうど、ここへ置きましょう」

「（振り向き）……、じいちゃん!?」

「おお、ケンジ、元気そうだな」

「じいちゃんも元気そうで……、って言うか、じいちゃん、死んだんじゃなかったの？」

「ああ、そうなんだよ。突然のことだったからな、まぁ、自分で生きとるのか死んだのか、よく分からないんじゃ」

「（車掌）お客様、生きてる者、死んでる者、それに妖怪に人間に、物語に現実にと、皆、仲良く暮らしてるのが、このイーハトーブなんですね。では、お祖父様との一時《ひととき》をお楽しみください。失礼いたします」

車掌さんと車内販売は次の車両に移っていきました。さぁ、イーハトーブ鉄道は、あいかわらずガタンゴトン、ガタンゴトンといいながら進んでまいりまして、

「じいちゃん！」

「おお、ケンジ、大きくなったなあ」

「じいちゃん、オレさぁ、じいちゃんにねぇ、報告したいことがあったんだ」

「うん……、なんだい？」

「オレさぁ、ガキの時分から出来の悪い子だったでしょう？　いろいろやらかしてさぁ、心配ばっかりかけて、親にもさぁ、学校の先生にも怒られていたじゃん。それなのにさぁ、じいちゃんは、『ケンジはいい子だ。ケンジはいい子だ。立派な大人になる』って、そう言ってくれてたじゃん」

「そうだったなぁ」

「あれが、オレ、凄ぇ嬉しかったんだぜ。……でもさぁ、そのあとも大して勉強出来なかったし、……それがねぇ、こんな大人になっているのに、オレを雇ってくれる会社《とこ》があったんだよ。うん、で、就職してさぁ、……この頃彼女も出来たんだぜ」

「……ほう、そうか。俺の思った通りじゃないか。立派な大人になったじゃないか？」

「全然立派じゃないんだよ。でもね、今度ね、その彼女と結婚しようって話になってるんだ」

「そうか、良かったなぁ、ケンジ。おめでとう」

「それをさぁ、じいちゃんに報告したいと思ったんだよ。でもね、墓参りしようと思っても、どこだったか忘れちゃってさぁ、……で、もう、困ってたんだよ。直接言うことが出来て、オレ、凄ぇ良かった」

「（微笑んで）わしもだよ。直接聞けて良かったよ。あんなヒーローごっこしていたケンジが、こんなに立派な大人になって、じいちゃんは嬉しいよ」

「（ポーズ決める）ケンジ～Z！　だからね（笑）。ここのZのカタチをやったって誰も気づいてないからね（爆笑）。やってたよねぇ、ハッハハッハ、あっ、また暗くなった。え？　これ何、どうなっているの？　これ。また真っ暗になった。トンネルかな？　これ。ガタガタガタガタガタ、ちょっとじいちゃん、大丈夫、これ、これ？」

ガタガタガタ、キー……、ガラガラガラ……、

「……エレベーター？　なんだこれ？　ドアが開いた（キョロキョロして）。地下に下りてたと思ったら、1階？　ここは……、みどりの窓口……？」

「（女性駅員）次の方、どうぞ、……どうぞ」

「あっ、はい。（振り向く）おっ！　エレベーターが消えた。……あ、あ、あのう……」

「（女性駅員）先ほどのお客様ですね？　旅はいかがでしたか？」

「……は、はい。ええ、あのう、（うしろを指さして）じいちゃんに会ったんですよ」

「（女性駅員）そうですか、良い旅になられたようで……」

「……ええ、そりゃぁ……、だって、会えたんです、じいちゃんと。もう、ウムム……でした（笑）。何て言っていいのか分からないけれど、凄い旅になりました。ありがとうございました。……っていうか、さっきキップのお金を急いでて払わなかったんですけれども……」

「（女性駅員）よろしいんですのよ。お代は頂戴いたしておりません。イーハトーブ鉄道は、プライスレス（笑）、お金じゃ買えない心の旅ですから」（笑）

「……マスターカードみたいですね（爆笑）。でもねぇ、いろいろ思い出したんですよ。山とか田んぼとか青い空だけじゃなかったんですよ。わんこそばが美味しいって、まず思い出しました。で、河童がいる

でしょう。それで座敷童がいて、……宮沢賢治ですよ！　もうねぇ、宮沢賢治のおかげでね、この岩手県にはヒーローがいっぱいいいるってことを思い出したんですよ」

「（女性駅員）いいえ、お客様、岩手県にはヒーローはいないんですよ」

「いやいやいや、たくさんいますって……」

「（女性駅員）ですから、お客様、最初っから申し上げているじゃないですか。岩手はヒロイン（広いん）です」（爆笑）

福岡『めんたい俥《ぐるま》』

2014年7月3日　北九州市・北九州市芸術劇場

【登場人物＆前説】

★おもな登場人物

男……東京から来た観光客。

マッハの松……人力俥車夫。富島松五郎（無法松）のひ孫。筋肉むきむきの若者。

昭和38年の母と坊や

幕末・長州征討時の武士2人

巌流島の決闘見物の2人

源平・壇ノ浦の戦い見物の2人

公演の場所が北九州市小倉になったので、落語の舞台を北九州市の門司港にした。福岡県といっても、博多と北九州の文化は違う。私は北九州市対岸の下関の出身だから、それはよくわかっているのだ。

とはいえ、普通は小倉を舞台にする。門司港という地名は全国的にピンと来ないだろうことは承知している（私が子供の頃からそうだった）。が、近年レトロな街並みが人気になっているので、選んだ。レトロな街には人力俥だ。「北九州で人力俥といえば無法松があるじゃないか！」と。

もっとも、現代のお客さんがどれくらい「無法松」を知っているか心配だった。というか実は、花緑さんがご存じかどうかも心配だったのだ。ところが、脚本上（※お客さんは「無法松」を知らないかもしれない）と注意書きを入れている所で、花緑さんが語ること語ること……こんなに饒舌に「無法松」について語るとは思わなかった！　それをそのまま書き起こして再現している。

この落語は、実は冒頭と最後で演じるのが難しい。タイムマシンものの映画ではよくあるのだが、まったく同じ行動とセリフを繰り返すことで意味が出てくるシーンなのだ。

実は東京での初演の時、冒頭と最後で花緑さんのセリフが少し違った。落語では、だいたい意味が合っていれば一言一句同じでなくてもいいのだが、高座を降りるなり花緑さんは、

「失敗した。あそこは、まったく同じでなきゃいけないんです」

と反省。北九州での再演時に見事に修正していたのだ。凄いなと思った。

＊

古典落語に『反対俥』という噺がある。のんびりした車夫が引っ張る人力俥と、速さ自慢の車夫が引っ張る人力俥が出てくる。スピード感があって、SF的なおかしさがある（なにせ、上野を目指しているのに仙台まで走ったりするのだ）。だったらいっそSFにしてしまえ、という噺。

古典に敬意を表し、なおかつ福岡県だから、タイトルは『めんたい俥』にした。

さあ、そういったような訳で、福岡ですよ、はい。とにかくこの企画はですね、練った話を聞いてもらうんじゃなくて、毎度ネタ下ろしか、2回目という、どっちかしかないの。3回演ったことがない、全ての話が。そうなんですよ（笑）。いや、わたしとしては違いますよ。もうなんか10回とか、20回とか演った噺《ヤツ》を、ちょっと、ここで申し上げれば、もうスタンプも軽い感じで押せる（笑）。あの笑顔の陰にはですね、「今日のお話は、どうなのかな？」っていうね、思いも当然抱えながらのことなんですよ。……どうなんだろうなぁ（笑）。

ただ、一番いいのは、誰も正解を知らない、新作ですから（笑）。何が正しいのかが分からないので、そこがいいところです。だからおそらく止まったときが間違ったとき（爆笑）、ペラペラ喋ってる分には、ちょっと分からない。その代わり違うところにどんどん入っていって（笑）、もうそのとき新しく出来る創作落語になってる可能性もある、……はい。ものすごく時間が長いときは、その可能性がありますす（笑）。後ろで作家が驚きます。

「これ書いてないよな？」（笑）

まぁ、先ほど申し上げましたが、福岡っていうところに、よく落語会で来ております。今日チラシを挟み込みました。結構たくさんの会に、お邪魔しております。以前、イムズホールで演ってみたりですね、いろんなところで、落語会を真打になってからも、……飼い主が代わるかのようにですね、いろんな人の企画の中で、福岡、博多というところに来て、北九州も来ている場所ですから……。何か皆さんが、落語をね、とても愛してくださっているという、そんな感想を持っております。今日初めてというね、お越しになったという話も、お客様から直に聞いておりますけれども、……どうなんでしょうかね、このスタイルの落語が聴き易いのか、どうなのか、分かりませんが、固定観念というですね、翼を広げて、……捨てて、まっさらに聴いていただきたいという感じですね。

その福岡というイメージですよ。いろいろ、もちろんラーメンとかあるんですよ、やっぱり東京の人間からするとね、博多ラーメンがすぐ頭に浮かぶ。屋台とか、浮かびます。あとね、ぼくが浮かぶのは、そうじゃないですね、芸どころというですね、福岡の人は芸をちゃんと見る。芸に対して厳しいっていう……、「いやぁん、もう、厳しい」ってそういうことじゃないんですよ（笑）。芸能のほうの芸《ゲイ》です（爆笑）。こっちに厳しい。そういう、その、なんていうんですかね、博多の文化が、逆に江戸に届いたんじゃないかというくらい、「ウチが芸どころで元なんだ」という意識を持っていらっしゃる方が多いと、わたしはそう思っているんですけれども……。今日はそういう方は（手をかざす）……（笑）、いらっしゃるようだったら、出口はあちらになります（笑）。そう、博多はそういう思いがあります、芸どころっていうね。

だから、逆に落語も一所懸命演りたいっていう。円楽師匠がやってますね、11月になると、博多・天神落語まつりっていう、もう何年目ですか、7年、8年とか、もう大変な年数になってきてる訳です。わたしも去年参加しました。今年も参加します。そういう大きな落語まつりも、今、全国でここだけ、つまり福岡だけでやっている。そんなイベントになっておりますね。

いろいろないわゆる観光地と言われる、福岡もそうですね。やっぱり今日も、東京からお越しのお客様がいるんですよ。もしかしたら、それは福岡だと、北九州だからっていうことがあるかも知れない。つまり観光という気分が、……ね、他の県がどうだとか言いませんよ、この場合（笑）。用事があれば、全部行きますから。でも、この福岡県というところは、やっぱりちょっとね、落語のついでに、ここもね、あそこもって、行きたいところが出てくる。だからつい旅行もしたいと思う。それはね、東京の人間にとってよくあることだから、演劇をやっていても俳優さんもそうですよ、福岡公演とかね。もう九州公演は、特にこの福岡北九州でも、みんな喜ぶ訳、食べ物が美味しいとかって言う。凄いもう行きたがるんですよ。その気持ちは、わたしもよく分かるんですね。美味しいものがあるっていうだけで、テンションが上がる訳ですよ。

そんな中で、観光地の中で、人力俥がある観光地っていうのはありますね。東京だと、浅草ね。雷門の前に、屈強な男がおりますよ。中でも、女性もいるんですよ、人力俥の車夫っていう人は。考えてみると、牛車とかね、馬車とかありますけど、人が人を曳くんですからね、こうね。なんか、退化してんじゃないかと思うときがあります。どうかすると、２人とか乗せますから、よっぽど力がないと、と思いますけれども、もちろん、あれを今のタクシーのように利用する人はいない。観光地として、もちろん走ってるものだけですけれどもね、それがあちこちありますよ。一番有名なのは、京都の嵐山ですか。あと北海道の小樽とか、九州だと湯布院とかにありますね。松山の道後温泉とか、山口の萩とか、いろんなところに、観光地化されて、まだまだたくさんあります。わたしも埼玉の羽生《はにゅう》という微妙なところで乗ったことがありますね（笑）。ここはね、藍染を染める染物の先生、初めてその先生の工房にね、お邪魔するときにですね、わたしがね。その羽生という駅から先生のところに、タクシーで行くと10分ぐらいで着くのが、人力俥を用意してくれて、40分ぐらいかかる（爆笑）。凄いゆっくり歩く訳ですよ。そんなことがあって、あとにも先にも、その1回、わたしはその人力俥というのに乗ったことがあるんですけれども。なかなか良い思い出です。それでね、今日は、人力俥が出てくるというようなお噂でございまして……。

「お客さん、お客さん！　だんな！　観光ですか？　人力俥、いかがッスか？」

「ほう、そうかい？　この街は人力俥があるのか？」

「ええ。ここ門司港《もじこう》はね、レトロの街ですから」

「へえ……、そうなの？　じゃ、ここにもいるんだね？　まっくろくろすけ？」（笑）

「それはトトロですよ！　レ・ト・ロ！」（笑）

「おおっ！　そう、地下鉄も通ってたんだ」（笑）

「それ、メトロです（爆笑）。レ・ト・ロ」

「ああ、レトロね。そりゃぁ、分かるよ、ああ。道理で、初めて来た街なのにさぁ、なんかねぇ、懐かしいような感じがしたんだよ」

「ええ、だんなが出て来た駅がねぇ、門司港駅っていいますけれど、大正3年に作られて、国の重要文化財に指定されています。実はいま改修工事に入ってますからねぇ、パーテーションが立てられちゃって、平成30年完成予定なんていうんですけれどもねぇ。見える体《てぇ》で話を進めてもイイですよね？」（爆笑）

「何言ってんだい（爆笑）？　まま、いいから。そうしようよ。……なかなかねぇ、特徴のある外観がたまらない」（爆笑）

「そうでしょう？　だんな、ねぇ？　本当にレトロでねぇ、なかなかイイ感じなんですよ。また、同じ大正の造りでもねぇ、『三井倶楽部』なんてところもありますしねぇ。あとあれですよ、明治に作られたね、門司税関なんていうのもね、これも風情がある良い造りですよ」

「やっぱりレンガ造りってヤツだな。ここに何か、温かみを感じるじゃないか？　いいねぇ、またねぇ、そういう街並みに、お前さんみたいにねぇ、人力車……、それもよく合ってるよ」

「どうもありがとうございます。どうですか、乗っていきますか？」

「嫌だ」（笑）

「お願いしますよ。こちらも商売なんですから」

「いや、ちょっとね、お前さんには悪いけれども、いや、門司港なんて駅ね、実は知らなかったんだよ、俺。いや、門司は知ってるよ、『関門海峡』って言うから、下関と門司だろ？　ただ、どっちが九州でどっちが本州なのか、分かんなくなっちゃうんだけどなぁ……」

「（謎の笑い声）アッハッハッハッハッハ」

「……なんだよ、今、あんた、笑ったな？」

「いや、いや、笑ってませんよ」

「いや、聞こえたぞ。今、声高々に、『アッハッハッハ』って、バカにしたような感じで笑ったろ？」

「いえ、いえ、私も聞こえましたけど、だんなが笑ったんでしょう？」

「自分で言ってて、自分で笑う訳ないじゃないか（笑）。（周囲をキョロキョロ）誰か見てんのかなぁ？何だ、一体？」

「ああ、今、そこ、だんなが見てるほう、あっちが関門海峡ですよ」

「あっ、あれがそう？　ああ、狭いというか、広い川みたいなもんだよなぁ」

「へっへ、そうなんですよ。あそこは一番狭いところでもねぇ、幅は６００メートルなんですよ」

「そうかい」

「ええ、で、向こうが本州の下関。こっちが九州ですよ。福岡県北九州市門司区です」

「ちょっと待って。区？　門司区？　市じゃないの？」

「ハッハッハ、それはね、50年ほど昔ですよ。ここもねぇ、門司市って言ったんですけどね、小倉市とか、八幡市とか、いろいろとね、五つの市が合併しましてね、それで北九州市になったんですよ」

「ああ、そうか、実は俺ねぇ、出張でここへ今日来てさ、仕事が早く終わったんでね、関門トンネルから本州へ渡ってみたいと思ってさ、電車に乗ったんだ、小倉から。そうしたら、門司からトンネルを通るかと思ったら、門司港なんて駅に出て、『終点です』って、降ろされちゃってさぁ（笑）。『この先、線路がありません』って何だよそれ？」（笑）

「そうなんですよ。実はね、昔はここが門司駅だったんですけどね。あれからねぇ、本州へ行く線と２つに分かれましてね。名前も変わりましてね、〝盲腸線〟って言うんですか？　ここで二つ、駅がねぇ、取り残されちゃったんですよ。まぁ、言ってみると何ですね、ここは一時《いっとき》、〝忘れられた街〟なんですよ」

「……お、おい。言うこと、お前、辛口だねぇ」

「へっへ、小さい時分から辛口の明太子を食べて育ちましたから」(笑)

「上手いこと言うねぇ」

「でもねぇ、なんですよ、ものは考えようでね。これ幸いとね、この古いまま残っていたんで、今、レトロな街として、人気があるっていうことでね、ありがたいと思ってますよ」

「なるほどね」

「いやでもね、その昔は、ここはアジアの玄関口だったんですよ、大変栄えたって話でね。いや、いろんなものが残ってるんですよ。そうだ、あっちのほうにはね。『バナナの叩き売り発祥の地』という石碑も立ってますよ」

「へぇっ、そうかい。そんなものに、発祥の地があるの?」

「そうなんですよ。戦前ですよ、台湾からバナナを船でもって運んで来て、ここで陸揚げされたっていうんですよ。で、ちょっと痛んだのを、ここで叩き売ったのが、バナナの叩き売りの元祖だっていうんですよ」

「(膝を打つ)なるほど、それは知らなかったねぇ。なんか歴史を感じるねぇ」

「そうでしょう? もう、このへんは歴史だらけですからね。ハッキリ言いますけれど、もの凄い歴史がありますから、ちょっと触ると、ポロポロっと歴史がこぼれ落ちるというぐらい……」(笑)

「凄い……」

「凄いんですよ。乗りますでしょう?」

「嫌だ」

「どうしてですか、乗ってくださいよ。お願いしますよ、ね。そうお時間取らせませんから」

「ふーん、お前《めぇ》、速いか?」

「なんですか?」

「速ぇか?」

「『速ぇかぁ?』……、『かぁ』!? 『かぁ』!」(笑)

「カラスだよ、まるで」

「〝速ぇか?〟だとか、〝だろう?〟なんてのは、人を疑る言葉ですよ! (太ももを打つ) 見てくださいよ、この太もも!」

「おぉ、凄いねぇ。ムキムキじゃないか」

「ええ、朝昼晩にね、食後に筋肉増強剤飲んでますからね」(笑)

「いいのかい、そんなことして」

「いいんですよ、オリンピックと違うんですから。ドーピング検査なんて、聞いたことがあります? 人力俥で」

「聞いたことないねぇ」(笑)

「そうでしょう、ねぇ。こないだなんかねぇ、九州新幹線と競いましてねぇ、（ガッツポーズ）勝ったんですよ」（爆笑）
「勝ったのか！　おい。新幹線に勝つの？」
「ええ、もう仲間内じゃ大変ですよ。『マッハの松』と呼ばれてますから」
「はぁ、そりゃ速いねぇ。……『マッハの松』ってのは、何だい？」
「へっへっへ、実はね、小倉生まれの玄海育ち……、無法松こと富島松五郎ってのは、あっしのひい祖父さんですよ」
「（膝を打つ）『無法松の一生』！　そうかい！　俺、映画《あれ》好きなんだよ！　俺が、いっぱいあった中で見たのはね、あれだよね、三船敏郎！　ね？　高峰秀子、良かったねぇ。
『私みたいなお婆ちゃんでも、年に一度ぐらいお化粧するんですよ』
『俺の心は汚い』（笑）
なんてね。……殆ど共感が無かった（爆笑）。好きなんだよ、俺。三船敏郎のヤツがさぁ。感動したよ。そう、あの松五郎ってのは、人力車の車夫だったよなぁ？　嬉しいねぇ！　ええ！　ひい祖父さんで、祖先なのかい？　……あれ？　ちょっと待ってくれよ。確かあれフィクションだったよね」（笑）
「まぁ、細かいことはイイじゃないですか」（笑）
「細かいことかぁ、そこは？　……まぁ、いいや、いいや。乗りかかった船だ、いや、人力俥だ。乗ろうじゃないか」

「そうですか、どうぞ、どうぞ、乗ってください。ここに足かけて……」

「ああ、そうかい、そうかい。（俥に乗り込む）お、お～う、なんか嬉しいねぇ。目線……、これだよ。ちょっと高くなるからね、街並みが違って感じるんだよ。それに、ほら、座布団で演る落語と違うでしょう（笑）。椅子にそのまま座るって仕草はねぇ、リアリティを感じるよね（笑）。この先が期待出来るよ」

（笑）

「なんの話ですか？」（笑）

「独り言だから、気にしなくていい（笑）。……で、一体どこへ連れてってくれるの？」

「そうですねえ。……じゃぁ、『歴史を楽しむコース』ってのはどうですか？」

「いいねえ。ベタな感じだけど、きっと楽しいだろう。それで、頼むよ」

「そうですか、分かりました。じゃぁ、今日はね、いつもよりもスピードを出しますからねぇ。この筋肉増強剤を……（爆笑）、（なにやら大瓶から薬をザラザラ出して、ばりばり頬張り）うん、うん、うん！　ほいはけふえば、いふもよい、はやふん……（これだけ食えば、いつもより速く……と言ってるらしい）」

「大丈夫か、お前？　何言ってんのか、分からない」（笑）

「大丈夫です！（飲み込む）うん、うん、うん！　……元気ですか⁉」

「……どう見ても、お前さんが元気なんじゃないか？（笑）効いてるんじゃないか？」

「効いてきましたよぉ。じゃぁ、行きますかねぇ。あの、落ちねぇように、ようく摑まっててくださいよ。行きますよ（梶棒持って）。あらよっ！　あらよっ！　あらぁらぁらぁらぁらぁー！」

「うわぁぁぁぁー‼　凄いねぇ！　は、速い！！！」

「速いでしょ！　どぅわぁー！」

「うわぁぁぁぁー‼　（光速に近づいて、視界が歪んでいく）周りの景色が、流れていくぅー！　もう、景色が見えない」（爆笑）

「おらぁらぁらぁらぁー！」

「速過ぎるよぉ！」

「おらぁらぁらぁらぁらぁー！」

「いや凄いねぇ、こらぁ！　（光速で景色を追い越していく）もう景色が見えない！（笑）　（加速のGで頬が歪む）ギャァー！」（爆笑）

「おらぁらぁらぁー！」

「らぁらぁらぁらぁらぁ！　キーッ！　着きましたぁ」（爆笑）

「ハァ、ハァ、ハァ……、疲れるねぇ、この落語はねぇ（爆笑）。……一体どこへ着いたんだい？」

「へぇ、よく周りをご覧ください」

「……おいおいおい、何だよ！　俥屋？　元いた場所じゃないか？　門司港駅、そこにあるよ。古いビルもそこにあるしさぁ、ええ？　なんだい、町内を一回りしただけなんじゃないの？」

「ヘッヘッへ、そう思いますか？　じゃぁ、道行く人に訊いてみたらイイですよ」

「訊いてみたらって、何を訊くの？　『速かったでしょう』とか、……ああ、ちょっと（声かける）、そこへ行くご婦人、高いとこからすみません」

「（女性）はい、なんでしょうか？　まぁ、人力俥なんて、古風ですねぇ」

「あ、どうも、どうも。あっ、ちょっと、訊くんですよ。ええと、ここはどこですか？」（笑）

「どこって、……門司市ですよ」

「も、門司市？　……門司区ですよね？」

「あっはっは、そうですね。来月ですよ、門司区になるのは」

「え、え、え、来月？　来月って言いました？」

「あれ、知らないんですか？　五つの市が合併して、北九州市っていうのが出来るんですよ。百万都市になるって、皆でお祝いしてるんですから」

「ちょっと！　今、平成何年？」

「なんですか？　へイ・セイ何年って？　……えっ、今年？　今年、昭和38年でしょう。１９６３年じゃありませんか？」

「ええーっ？　ちょっと、俥屋、これは、どういうことになってんだ？」

「（人差し指を立てて）説明しよう！（爆笑）　アインシュタインの相対性理論によると、速ぁ～い乗り物の中では、時間の進み方が遅くなる『ウラシマ効果』。これを逆に使えば、タイムマシンになるのであ～る！」

「ええ？　タイムマシン⁉　え、お前の脚が？」

「いや、あっしの足、筋肉増強剤だけじゃとても無理ですからねぇ。実は後ろの倅にも仕掛けが施されているんですよ」

「えっ、この倅にかい？　どんな仕掛けが？」

「どんな仕掛けって、細かいことは言えませんけどねぇ。そこに書いてあるでしょう？」

「書いてある……、ああ、肘掛けに書いてある。なんか、4文字、汚い漢字で書いてあるよ、これ。え、何これ？　……え、『読め』？　ちょっと待って、これ、四字熟語なの？　一番上が泥《どろ》っていう字でしょ？　次が、露《つゆ》っていう字だ。ロシアの露っていう字？　それから里《さと》っていう字と、庵《いおり》っていう字だよ、これ。おまえ、何、ヤンキーなの？」（笑）

「そうじゃありませんよ。いいですか、泥でしょう。露でしょう。里でしょう。庵でしょう。いいですか、聴いてる皆さんも、ちゃんと漢字を頭に浮かべてくださいよ（爆笑）。ちゃんと浮かべないと、笑えるものも笑えません」（爆笑）

「誰に言ってんだ？」

「いいですか？　泥・露・里・庵と書いて、泥露里庵《デロリアン》ですよ」

「『バック・トゥ・ザ・フューチャー』⁈」（爆笑・拍手）

「（人差し指を立てて）説明しよう！　『バック・トゥ・ザ・フューチャー』である！」

「今、言っただろ？　説明しなくていいから。『バック・トゥ・ザ・フューチャー』が古過ぎて、ちょっとなんとなく失笑気味だから（爆笑）。『バック・トゥ・ザ・フューチャー』なの？　え、そういうことは何、ここ、昭和38年なの？」

「ええ、そうなんですよ。皆がねぇ、元気な時代ですよ」

「そうだねぇ、確かに街行く人が皆、活気がある感じなんだよ。イイねぇ」

「はい。このね、いい感じをね、だんなにお見せしようと思って……」

「嬉しいねぇ、そりゃ、どうもねぇ。いやぁ、50年前か、じゃぁ。『三丁目の夕日』の頃じゃないか？　この街だけじゃないよ、日本中、あのときは元気で活気があったんだよ。パソコンも携帯もないけど、夢があったじゃないか？」

「そうですよね」

「イイねぇ、レトロは」

「でしょう？」

「（女性）あの、すいません。もう、私たち行ってもよろしいでしょうか？」

「ああ、すみません。まだ、ここにいていただいていたんですねぇ」

「この子とこれから野球を見に行きますので……」

「え？　野球……、ああ、ああ、小っちゃな坊ちゃんがそこにいたねぇ。で、坊ちゃんは、どこのファンですか？」

「（子供）えっー？　どこのファンって、そんなもの、ライオンズに決まってらぁ」

「アッハッハ、そうか、西武ライオンズだな?」

「……西武ライオンズ? 違うよ、西鉄ライオンズだよ」

「そうだ、そうだ。昭和38年だもんな」

「神様、仏様、稲尾様だよ」(笑)

「そう言ってたらしいな。そうだ、そうだ。いや、でもな、そのうちこれが『太平洋クラブ』とかな、『クラウンライター』とかいってな。訳の分かんない名前になったあと(笑)、埼玉に出て行っちゃうんだよ」(笑)

「なに、それ?」(爆笑)

「心配することはないぞ。そのうちになぁ、ちゃんと『ダイエーホークス』ってのが、やって来るからなぁ」

「ダイエー? あのスーパーの……」

「そう。それが、『ソフトバンクホークス』になるよ」(笑)

「オジちゃん、野球知らないんじゃない? 『ホークス』ってのは、南海だよ」

「そうなんだ、今はな。でも、大人の事情がいろいろあって(笑)、そういうふうに変わっていくんだ。

……坊やのお父さんは、どこに勤めてるんだ?」

「エッヘン! 八幡製鉄だよ」

「八幡製鉄? ああ! 新日鉄か?」

「なに新日鉄?」(笑)

「いろいろ大人の事情で（笑）、そうなっていくんだよ。坊や喜べ、北九州市には、そのうちなぁ、『スペースワールド』ってテーマパークが出来ちゃうからねぇ」（爆笑）

「お母さ～ん、この人、言ってることが変……」（笑）

「（女性）ちょっと関わっちゃいけませんよ。急ぎますんで、先を失礼します」

「（見送って）ハッハッハ、侍屋、どうやら俺たちは変人扱いだな？」

「50年も経てばねぇ、そりゃぁ、変わりますからね」

「いやぁ、でも、面白いな。これ50年前ってのはな……」

「ええ、そろそろ元の時代に戻りますか？」

「ちょっと、待ってくれ。せっかくここまで来たんだからよ。……どうだ？　もっと昔に行ってみようじゃないか？」

「もっと昔ですか？　……いやぁ、あっしもねぇ、ここまでしか来たことがありませんけれど、イイですねぇ。今日は、やってみますか？（ポケットから小瓶を取り出す）じゃぁ、この筋肉増強剤を（爆笑）、ザラザラザラって、じゃあ飲みますよ。うん、うん、うん！　×□※△！　◎※□！」

「なに？　人格変わってるよ、どうでもいいけど。いいのかい？」（爆笑）

「行きますよ（梶棒を持って）。ちゃんと、摑まっててくださいよ。あらよっ！　あらよっ！　あらぁあらぁあらぁあらぁー！」

「うわぁぁぁぁぁー!!　（光速に近づいて、視界が歪んでいく）周りの景色が、流れていくぅ～！　もう、

景色が見えない」（爆笑）

「らぁらぁらぁらぁ！（ジャンプする）」

「ウワァー！　跳んだねぇ、おい？　何が跳んだんだ？」

「へぇ、今、日露戦争を飛び越えました」（爆笑）

「え⁉」

「もう一つ、アラよっ」（ジャンプ）

「ワッと、また、飛び越えたねぇ？」

「へぇ、今度は日清戦争です」（笑）

「イイねぇ、ドンドン行け！　ドンドン行け！」

「はい！　らぁらぁらぁらぁらぁ！　キーッ！　……着きました」

「……で、何時の時代？　どこへ来た？」

「あっしも初めてですから、よく分からないですけどね。……あっ（膝を打つ）、なんか話してる人がいますよ」

「どっちが勝つかな？」

「どっちが勝つかなぁ」

「強いほうが勝つな」

「うん、強いほうが勝つなぁ」

「従って……、弱いほうが負けるな」

「うん、負けるなぁ」

「……くだらないこと言ってるぞ」(笑)

「訊いてみようかなぁ。ちょっと、すみません」

「なんだ？」

「あのう、なんの勝ち負けの話をしてるんですか？」

「なんの勝ち負けだと？　こっちはなぁ、徳川幕府軍だ。対する海峡の向こうはな、長州軍だ。長州は高杉晋作ってのがいるからなぁ」

「おい、これ幕末じゃないか！」

「ええ、150年前ですよ」

「凄いねぇ、これ？」

「なんでも幕府軍は、小倉城に火を放って逃げたらしい」

「おい、そうなのか？　俥屋」

「ええ、そうなんですよ。でもね、この時代のお二方ねぇ、心配することはありませんよ。これはねぇ、昭和になりますとねぇ、小倉城は再建されますから(笑)。で、平成になると凄いですよ。近くに劇場が出来ましてねぇ(爆笑)、芸術劇場なんて、歌や踊りや芝居があって、落語も演っちゃおうってんですか

ら。柳家花緑は、面白いですよ……」(笑)

「おぬし、何の話をしておるのじゃ？　ええ？　ショウワとか、ヘイセイとか、訳の分からないことを申しておるぞ？　こんな奴と関わらないほうがイイでござる。参りましょう」

「参りましょう」

「プッフッフッフ、……倖屋、ここでも俺たちは変人扱いだな？」

「本当ですね」

「また、もっと昔に行ってみようじゃないか？」

「行きますか？　行きますよ（梶棒持って）。それぇ！　あらぁらぁらぁらぁらぁらぁー！」

「うわぁぁぁぁぁー!!」

「らぁらぁらぁらぁらぁ！　キーッ！　……着きました」


「今度はどこだ？　この時代は？」

「今度はどこだか分かりませんけれどね。なんか話してる人たちがいますよ」
▽「どっちが勝つかな？」
▲「どっちが勝つかなぁ」(笑)
▽「きっと、強いほうが勝つな」
▲「強いほうが勝つなぁ」

▽「従って、弱いほうが負けだな」
▲「負けだな」
「同じ人なんじゃないの？　あれ（笑）？　同じことばっかり言ってんだ。訊いてみよう。……ちょっとすみません。あのう、何の勝ち負けをやってるんですか？」
▽「『何の勝ち負け』って決まっておろうが、そこの島でもってなぁ、宮本武蔵と佐々木小次郎が決闘をしとるんだ」（笑）
「おい、凄いよ。『巌流島の戦い』に来ちゃったんじゃないか」

「400年前ですよ」

「面白いな。もっと昔へ行こう！」

「行きましょう！　はい！（走る）あらよっ！　あらよっ！　あらぁあらぁあらぁあらぁあらぁー！　キーッ！　着きました」

「着いたか、こんどはいつの時代に着いたんだ？　ああ、あそこで話をしている人がいるね」
□「どっちが勝ったんだ？」（爆笑）
「同じだ、同じだ。すみません！　何の勝ち負けを言っているんですか？」
■「『何の勝ち負け』だと、決まっておるじゃないか！　そんなことは。ああ、そこの海に浮かんでいる船の白い旗が源氏、赤い旗が平氏だ」（爆笑）

「おお、凄いねぇ！　『源平・壇ノ浦の戦い』！」

「800年前ですよ、だんな！」（笑）

「凄いや、800年前まで来たのか。いやぁー、何とも言えないね、こりゃぁ。さすが『歴史を楽しむコース』だよ。堪能させてもらったよ」

「よろしかったですか？　じゃあ、そろそろ元の時代に帰りましょうか」

「ああ、そうしよう」

「では、反対側に梶棒をきりまして……。では、帰り俥ですから、お安く願っておきましょう」

「なんでここで急に、古典落語の『替わり目』を入れる訳（笑）？　意図が分からない」

「いとおかし」（笑）

「おかしくありませんからね。じゃぁ、お願いします」

「帰りはイッキに帰りますからね。ちゃんと摑まってください。行きますよ。（走る）あらよっ！　あらよっ！　あらぁらぁらぁらぁらぁー！　あんまり口をきいちゃいけませんよ」

「どうしてだよ？」

「だって、このあいだねぇ、舌を嚙み切って死んだ人がいますから」（笑）

「それ、先に言うんじゃないの？　本当に？　帰りに言うとは、どういうことなんだよ？」

「あらぁらぁらぁらぁらぁー！」

「うわぁぁぁぁぁー!!（光速に近づいて、視界が歪んでいく）周りの景色が、流れていくぅ〜！　もう、

景色が見えない」（爆笑）

「あらぁらぁらぁらぁらぁー！　キーッ！　着きました」

「本当に疲れるねぇ、この落語は（拍手）。……伝わってないんじゃないか？　微妙な拍手とか……（爆笑）。戻って来たか?!　やったぁ！　戻って来た！　ああ、良かった。見慣れた景色だよ。（周囲を見て）……おい！　前を見てみろよ。人力車と、車夫と客がいるじゃねぇか？」

「あっ！　あっしとだんなですよ」

「えっ⁉　オレたちがいる！　本当に？　なんの話をしているんだろう？」

「いや、ちょっとね、お前さんには悪いけれども、いや、門司港なんて駅ね、実は知らなかったんだよ、俺。いや、門司は知ってるよ、『関門海峡』って言うから、下関と門司だろ？　ただ、どっちが九州でどっちが本州なのか、分かんなくなっちゃうんだけどなぁ……」

「バカだな、自分《あいつ》、そんなことも分からない……、アッハッハッハ！　……あっ、さっき笑った声は俺のだったのか？」（笑）

「ですね」

「ああ、そうか……。どういうことになっているんだ？」

「どうも、ちょっと前に戻っちゃったみたいですね」

「『戻っちゃったみたい』って、……そうだよ、ちょうど、俺とあんたが交渉してるところじゃないか。面白いから、見てみよう」

「いえ、いえ、私も聞こえましたけど、だんなが笑ったんでしょう？」

「自分で言ってて、自分で笑う訳ないじゃないか（笑）。（周囲をキョロキョロ）誰か見てんのかなぁ？何だ、一体？」


「あ！　隠れて！（身を伏す）」

「（身を伏す）何？」

「説明しよう！（伏せたまま、人差し指を立てて）タイムパラドックスである（爆笑）。同じ時間に同じ人間がいると、歴史が狂うのである」（笑）

「いや、いや、もういるじゃないか？　狂ってんじゃないの？」

「見つからなきゃイイんですよ」

「そういうルールなの？　早く言ってよ、それを。……見つかってないみたいだね。じゃあ、これから、何だ、２人は過去に出かけようって、……ああ、で、今、乗りました。ダダダダダダダダダダッー、シャァー！　うわぁー！　速っ！　タイヤの跡がボォーッて燃えてるよ（爆笑）。……泥露里庵《デロリアン》だったねぇ（爆笑・拍手）。凄いねぇ」

「消えました……。もう、安心です」

「（身をおこし）ああ、良かった、良かった。いやあ、さすがだ。良い旅をさせてもらったよ。街が良いものね、やっぱりトトロの街だ」

「レトロです」（笑）

「そう、そう、そう、そう。で、ここでもってさぁ、支払いをさせてもらわなくちゃいけないんだよ」

「そうですねえ、この度は、まぁ、源平まで遡りましたから……」

「分かっている。無理をいってなぁ、あんな遠くまで行ってもらったんだから、いやあ、高くたって構わないよ。言い値でもって、そう言ってくれ」

「そうですか？　じゃあ、すいません、だんな。……（指を1本立て）これで！」

「指を1本出したね。いくら？」

「百万円！」

「高過ぎるよ、そりゃぁお前（笑）。そりゃぁ、中身はねぇ、そのくらいの価値があるかも知れないけれど、普通持ってないでしょ、百万とか」

「……じゃあ、90万」

「いや、だから（笑）、あの、伝わってない、言いたいことが（笑）。『90万ならありますよ』って、誰が言うの？（爆笑）　もっとまけてくれよ」

「……80万」

「いや、お前」

「70」

「あのねぇ」

「じゃぁ、60……、ああ、いやいやいや、30……、うわぁ！　ちょっと、ちょっと、もう清水の舞台から飛び降ります。10万……。いや、いや、いや、9、8、7……、ああ、ダメです。2万でようがす！」

（笑）

「そのぐらいなら持ってるよ（爆笑）。若いのにね、さすが気《き》っ風《ぷ》が良いね、まけ具合が」

「当たり前じゃありませんか。ここをどこだと思っているんですか。……叩き売り発祥の地ですから」

静岡『のののののの』

2017年7月18日　静岡市・静岡芸術劇場

【登場人物＆前説】

★おもな登場人物

ひかり……双子の兄。すぐ先に進みたがる気が早い性格。53歳。
こだま……双子の弟。いちいち立ち止まるのんびり屋。53歳。
のぞみ……年の離れた妹。エリート。25歳。
熱海駅……旅館の番頭風。
三島駅……鰻屋風。
新富士駅……女性。富士山を誇りに思っている。
静岡駅……ビジネスマン風。浜松をライバル視している。
掛川駅……女性。お茶が自慢。
浜松駅……ビジネスマン風。静岡をライバル視している。

落語の良さは、一人の人間が衣装も変えず、複数の人物を演じ分けるという点だ。花魁が出てくるからといって女装するわけではない。ご隠居だからといって老けメイクをするわけではない。お客さんは、頭の中でその人物の姿を想像しながら聞いているのだ。

ということは、出てくるのが人間でなくてもいいわけだ。古典落語では狸や狐の動物が普通に話している。お客さんは、頭の中で狸や狐を想像しながら聞いているのだ。

ということはさらに、出てくるのが動物ですらなくてもいいのだ。このシリーズの第一作『パテ久』では、すでに陶器やパテに喋らせている。それに比べれば、新幹線や駅舎が喋ることなど、どうということはない。この落語には、人間が一人も出てこない。登場「人物」と言っていいのやらどうやら……。ずいぶん以前、定期的に静岡に行く仕事があった。当然、ひかりかこだまで行く。新富士駅で、通過待ちで十分近く停車していたりする。「早さが売りの新幹線なのに」と思った。隣の線路をのぞみが通り過ぎていく時の車体の振動に、「ああ、後輩に出世レースで追い抜かれた。これがオレの人生だよなあ」と感情移入もした。そんな経験が、まさにのちに落語に活かされるとは思いもしなかった。

なお、この落語初演時だから、新幹線の三人は53歳と25歳になっている。２０２４年だと、60歳と32歳になる。

「のののののの」という一風変わったタイトルは、実際に駅に表示されている新幹線の時刻表を見て気づいたもの。気に入っている。

＊

古典落語の『長短』は、いたって気の短い男と長い男の噺。花緑さんに、この「ひかり」と「こだま」は『長短』でお願いしますと頼んだら、見事に演じ分けてくれた。

さらに『素人鰻』という古典落語もある。三島駅は『素人鰻』でお願いします、と頼んだ。

むろん落語好きは先刻ご承知だと思う。が、ここで初めて「そんな古典落語があるのか！」と思う方もいるだろう。興味を持ったら、それらの落語も聞いてみるのをお勧めする。

一つねぇ、こういう話があって、ウチの一門は、我が一門の中で、小さんの弟子、五代目柳家小さんというね、わたしの師匠であり祖父でありますけれども、弟子……、わたしが一番下の弟子なんですよ。40人ぐらいいるんですよね、確か。調べると、途中でやめてしまったり、あるいは早くに亡くなったり、もう、今は、数はどんどん少なくなってます。とにかくわたしが一番下なんですよ。その下から3番目ぐらいのところでね、非常に面白い落語家さんがいるんですよ。

柳家の秘密兵器って言われてますね（笑）。我が一門、兵器を持っているんですよね（爆笑）。でも、人なんですよ、これは。でも、そう言われる人がね、いるんですよ。だって、落語家になるっていうこと自体が変わってるんです、はっきり言って。皆さんほど常識人はいないんですよ（笑）。でも、この結界を割って、こっちに入ってくるってのは、かなり異常なんですよ（笑）。そうでしょう？ そこに座らないで、こっちに座るなんて、かなり違いますよ。そっちのほうがね、まともです。こっちは、とても恥ずかしいですよ（笑）、はっきり言いますけど。偉そうに喋ってても、思わぬところで間違っていたりとかね、……あるんですよ。そっちから見て何となく曲がっていたら気持ちが悪いでしょう？（爆笑）マイクからね。斜に構えて座っていたら、気持ち悪いでしょう？（笑） 何か。その何て言うんでしょうねぇ？ そのう、思わぬところで、みっともない姿を皆さんに晒してるのが、この人前に出る芸能という世界ですよ。

そんな中で、「秘密兵器」と呼ばれる程、キャラが立った人がいるんです、はい。名前は言いませんけど、柳家小三太という人です（爆笑）。柳家小三太師匠は、もう真打でございますけれども、前座の時代に「小たか」といって、もう、柳家の秘密兵器。どう、秘密兵器だって、キャラが立ちすぎていて、……なんでしょうね。柳家小さんの教えをね、何にも踏襲しないという（笑）、珍しい……。「どうして、小さんがとってしまったんだ？」というような面白い人なんですけれどもね、一つ思い出があるのは、この方に、わたしがね、小学校3年生のとき、算数のドリルを教わったんですよ（笑）。

そのときはね、縁側でもって、その小三太が前座の小たかの時代ですよ。九《きゅう》……、わたしは本名小林《こばやし》九《きゅう》っていうんです、はい。

「九、お前、ここ、分かるか？」

「分からない」

「『分かんない』じゃない。計算すればこうだろう。ナニ足すナニはナニで、ナニ割るナニは何だったか分からないけれども、こうだろう。こうだよ」

って、書いてくれて、ほぼ、「分かんない。分かんない。分かんない」って言っているうちに、小三太さんが全部書いてくれちゃったんですよ（爆笑）。

「よかった」と思って、「今日は宿題全部終わったぁ」って、持ってって、戻ってきたのは、全部バツだった（爆笑）。それが、柳家小三太師匠です（笑）。面白いんですよ。高座でもそうです、わたしが記憶してるのは、池袋演芸場というところで、二ツ目時代ですね。小三太さん兄が演ってて、「間違えちゃった」っておりて来たのが、『寿限無』という落語です（爆笑）。あれ、小学生でも言えるんですよ（笑）。あそこの名前の言い立てのところで間違えちゃって、頭を掻きながらおりて来たっていう人なんですよ

（笑）。

非常に面白いですよねぇ。で、この小三太師匠が余興を演ったって話があるんです。この余興は何かっていうと、あのね、昔は猿回しを演ってまして、自分が猿に似てるから、入船亭扇海《せんかい》師匠、この人が親方になって、猿の調教みたいなことで小三太さんが、こうねぇ、動き回るっていうのをね、深夜番組でとっても流行って、『ヨタロー』って番組で、ずいぶん演ってました。

その余興みたいのが得意で、高座でもね、15分ウケないと、最後にその余興みたいのを演っておりてくるんですよ（笑）。それはね、とんでもないんですよ。「歯医者さんの歌を歌います」って言うんですよ。「（手拍子）♪　はっ、どうした？　はっ、どうした？　歯っ、どうした？」（爆笑・拍手）だから、ウケないあとに、これ演っておりればワッと沸いておりられるっていう、そういうことをする人なんです（笑）。で、この人が、……柳家小三太師匠が、伝説の余興って言われる凄い余興を1回正月に演ったんです。

これは、その前座の頃ですよ、はい。あとにも先にも、「こんな凄い余興は無かったな」って未だに話しが出て来る……。というのは、元旦、正月は我が一門、柳家一門、皆、まだ小さんが生きていたときの、小さんのウチに集まります。豊島区の目白、東京の自宅です。そこは剣道もやっていた。自宅に剣道の道場があった。三十八畳のねぇ、道場があるんですよ、はい。とにかく好きだったんで、自宅に好きが高じて、設けてしまった道場で、それが今度、正月になると一門が全員集まる場所になるんですね。

あんなに大きな部屋を持った人は、いませんから、そこにブワァッと机を並べて、座布団もブワァッと百枚ぐらい並べて、後ろ幕というのを張って、そこで、新年会を演《や》る訳ですよ。元日、2日の日になると、小さんの誕生日なんです、1月2日が。ちなみに亡くなった立川談志師匠も誕生日なんですよ（笑）。で、あの『笑点』の司会で出てた圓楽師匠は、1月3日なんですよ（笑）。まぁ、社長になる人は元日からの誕生日が多いって聞いてますけれども（笑）、落語界四派の内、三つが、そのトップになった人ね、これね。その、小さんの誕生日、1月の2日。元旦は朝8時からね、皆、こう集まる。2日の日は夜8時から、……まぁ、寄席の出番が皆ありますから、正月興行。それが終わって、皆、来る訳ですよ。どうかすると、昔は、皆、朝まで宴会やってたっていうんですよ。でも、段々祖父も歳とったし、周りの一門も歳とってきて、それでも2時ぐらいに帰る、はい。そんときに、お客様も呼んだりなんかして、一門だけじゃない、祖父のね、大事なお客様もいるところで、弟子が余興を演る訳です。だから、大変なんです。お客様をウケさせて、仲間内も笑わせなければいけないっていう……、言ってみると、玄人筋をウケさせる芸ですよ。

　で、司会になった先輩が、

「今日は、皆さん、我々のマスコットキャラクター、秘密兵器である柳家……」

　まぁ、その当時は、だから小たかですよ。小三太じゃない、

「小たかが、皆さんにマジックを披露します」

　で、その道場と、こっちに四畳半があって、こっちは玄関入り口とかあるんですけど、四畳半とね、行き来できる襖の戸があるんですよ。で、戸をバッと明けるとね、三つ揃えのスーツを着ている小三太が立

っている訳です。……小たかが、でも、それすら前座ですから見たことがない。何かその恰好に、皆、「お〜」みたいな（拍手しながら）、

「ここじゃありません、拍手するのは」

みたいなね。なっている訳ですよ。で、マジックですよ。

「何を演るか、ご覧いただければ分かります。それじゃいきますよ」

って、バッて戸を閉める訳。で、小三太がパッと瞬間隠れる訳。２秒ぐらいしかないんだけど、パァーンと開けると、小三太が真っ裸で立っている訳（爆笑）。一糸まとわず、腰にも何にも……、「安心してください穿いてませんから」の状態なんです（爆笑）。穿いてないんです。お盆もない訳、ここには（笑）。皆、「こんなに小さいんだ」って、ビックリするような（笑）。で、皆が、「おー」みたいなね。２秒ぐらいで、全部脱ぎ捨てましたから、「これ、どうなってんだろう？」って思うけれども、ここからですよ。

「では、今度は、今脱いだ服をもう一度着てご覧に入れます」

って、言う。バーッと閉めて、１、２、パッとまた、三つ揃い（……）。ここでね、同じような感じ、「えぇ〜」ってなったの（笑）。「えぇー！」って、皆、分からない、このマジックは、「どうして？」って。で、また司会がそれを嘲笑うかのように、皆が「えー」って言ってるのに、

「はい。また」

パーッと戸を閉めると、また、真っ裸になる訳ですよ（笑）。もうね、訳分からず笑うの、皆。もう意味が分からず、何だか知らないけれど、凄いことなのか、凄いことじゃないのか？　とにかくこの小たか

が真っ裸になったり、何かスーツになったり、凄いことになっている（笑）。もう、意味が分からない。2秒ぐらいのことですから。ハイ、ハイ、ハイ、ハイ、次々演る訳（爆笑）。いよいよ、皆、「えー、何これ？」ってなったときに、

「じゃぁ、最後に真っ裸とスーツと、両方見せます」

バァーンと真っ裸の小たかと、スーツを着た方が2人立ってるの（笑）。なんと双子だったんですよ（爆笑・拍手）。これを、その日まで誰も知らなかったから、出来たマジックなんですよ（爆笑）。小たかが双子で、もう1人いた（笑）。

一卵性で、そっくりなお兄さん。……青森でコックやってるんですよ（爆笑）。この人を正月の2日わざわざ呼び寄せて（爆笑・拍手）、余興だけのために、誰も知らないからやらせたんですよ。「うわぁー」ですよ、皆。もちろん、真っ裸になっているほうが、小たかさんなんですよ（爆笑）。

もの凄い祝儀が飛びました、皆。1回しか出来ないので（笑）、皆、あと知っちゃっているから。……青森から呼んだんですから、そのために。でもね、お兄さん、そのあとの帰り凄く不機嫌そうだったんですよ（爆笑）。弟がこんなところで、フルチンになって、皆に笑われているのが……（爆笑）。でも、皆、未だにこんな凄い余興を見たことがないって……（笑）。

双子って、だから面白いですよね。今日はね、ちょっとそういう話なんですよ。マナカナちゃんとかね、いるじゃないですか。結構、テレビでも目にする大竹まことさんって人が、やっぱり双子なんですよね。ボク知らなかったんですよ、髭生やした人がもう1人いるんです（笑）。一卵性っていうんで、よく

似てるんです（笑）。一卵性じゃないと、何て言うんですか、……そのう、あんまり似てないけれど、双子っていうことがあるみたいですよね。

ですから、面白いですよね。そういうことになるんですね。我々が生まれてくる……。もしかしたら、この中にもそういう方は当然いらっしゃって然るべきなんですけれども、ただこうやって、外見が同じでも、やっぱり中身はね、それぞれでもって性格は変わってくるようでございますけれども。


「（のんびりした口調で）55……、56……、57……、58……、59……、6時ちょうどだ。6時確認。（その腕を、駅員さんみたいにぐるっと回して前後を探し）……兄さん、まだ現れないなぁ」

ここは東京です。品川からちょっと南に下ったあたりで、右を見ると運河の向こうに大井競馬場が見える。左には、大井ふ頭、その向こうに東京湾というような、あんまり人が訪れない寂しい場所でございます。

「……兄さん、遅いなぁ。時間には正確なんだけどもなぁ。でも、まあ、ここでゆっくり待つか……。（遠く右の方を見て）ああ、夕日がキレイだなぁ……、ゆっくり傾いていくよ。（そこを指さし確認）夕日、確認。（ふと左足下を見て）おっ、こんなところに花が咲いてんだ。ハッハッハ、雑草だろうけど、何て花かなぁ……。キレイだなぁ……」

「（威勢よく早口で）オー、オー、オー、待たせて悪かった！　ごめんな、ごめんな、途中風が強かったからさぁ。ゆっくり来ちまったんだよ。悪かった。悪かった。だけどなんだよな、（自分の腕時計と時計塔を素早く、交互に指さし）1分ぐらいしか遅れてない……、アーアーアー、イイよな？　イイよな？　悪かったなぁ」

「いやぁ、兄さん。別に大して遅れてないよ。大丈夫、大丈夫」

「いや、いや、いや、悪かった。悪かった。退屈したろ？」

「別に退屈じゃないよ。待っているあいだだってさぁ、いろいろ見ることは出来るんだ。ほら、夕日を見てさぁ、『キレイだなぁ〜』なんてね、『明日はきっと晴れるだろうなぁ〜』なんて思ってさぁ（笑）、ふと足元を見れば、こんなところに見てほら、キレイな一輪の花が咲いてさぁ〜。ああ、こんなところに生命が宿っているなんて、ちょっと感動だよ」

「あああ、ちょっと、待て、待て、待て。お前《めぇ》が喋っているとまどろっこしくていけねぇんだよ（笑）、え！　本当に。オレが待たしたのは悪かった。待たしたのは悪かったよ。でもね、そんなことに、そんなに時間をかける必要はねぇだろうよ、なっ！　俺だったらね、

『あっ、夕日だ！　知ってる。赤いね。丸いね。終わり』

　これでお終いなんだよね（爆笑）。

『あっ、花だ。明日には枯れるだろう。以上』（笑）

　これだよ」

「ハッ、ハッ、ハッ、……兄さんはせっかちだ。オレたちはさぁ。双子として生まれて来たよね。もう、見た目はそっくり同じだけど、性格は随分違うよねぇ。オイラはさぁ、いっこ、いっこ、なんていうのかなぁ、立ち止まり、立ち止まり、それで前に進んで行くタイプでしょう？　兄さんは違うよ、うん。どっ

ちかっていうと、中を越えてタァーッとこうね、速く先に進んで行こうとするタイプじゃない？　性格がこんなにも違うっていうのがさぁ、よぉぅく、面白いもんで……」
「別に面白くないぜ。そうだろ、俺は俺、お前はお前じゃないか？　違ってイイだろうよ、なぁ、『こだま』」
「そうだねぇ、『ひかり』兄さん」（爆笑）
「でもよう、どうしてお前、今日こんなところに呼んだんだよ？　えっ？　ここは新幹線の大井車両基地だよ」
「いやぁ、ここへ来るとさぁ……、昔のことをいろいろ思い出すんだぁ」
「おお？　昔のことってどんなこと？」
「オレたちさぁ、もう53歳になるんだ」（笑）
「ああ、そうだ、そうだ。俺たちが生まれたのは、東京オリンピックの頃だったよな。そうだ、『夢の超特急』なんて言われてさ。ひかり・こだまのコンビは大評判になってな。ビュッフェとかあったろ？　懐かしいな、口にするだけでも、ビュッ・フェ（笑）、懐かしいね。最初のうち、日本人はこんな言葉を知らないからさ、『人の名前ですか？』なんて言われちゃってさ」（笑）
「そうだったね、うん、うん、確かにねぇ、あれからだよ、食堂車が出来たり、2階建ても出来たり……」
「そう！（膝を打つ）新幹線はな、とにかく最先端だからな」

「そう、でも、オレたちはさぁ、最初のウチはさぁ、ダンゴっ鼻でさぁ、ずんぐりした身体だった」(笑)

「そうだよ。ところがお互いにな、2人で整形したもんな(笑)。あれから、鼻がツンと高くなって」

「そうなんだよね」

「そうだ。それからだよ、整形を繰り返して、お互いにな。今、カモノハシみてぇな顔になっちゃったな(爆笑)。ああ、それでもさ、このままいくと凄いことになるぜ。象みてぇな鼻になるかも知れねぇ」(爆笑)

「ハッハッハ、そうかも知れないねぇ」

「だけども、子供たちがカッコいいって言ってくれるだろ?」

「そう、そう、そう、言ってくれるんだ」

「あれは俺も嬉しいよ、なぁ? ……そうか、53年か……、うーん、思い出すな。……どうしたんだい、今日は? こんなことを言うために、ここに俺を呼んだのかい?」

「違うんだよ、ひかり兄さん。今日はねぇ、ちょっと、ひかり兄さんに提案があってね」

「ほう、提案? どんな提案? はっは、面白いね、提案っていうのはね? えっ、こっちはいつもよ、270キロで走っているだろ?(爆笑) タターンと言ってほしいんだよ。パパパーンと話してくれよ」

「ハッハッハッハ、兄さんは本当にせっかちで忙《せわ》しない。あっ、……ちょっと待ってよ。もうすぐ、アイツが来るからさぁ。アイツが来てから、話をするよ」

「えっ! アイツ? アイツって、アイツか?」

「……うん。アイツ」

「呼んだのか?! おいおい、呼んだのかよ」
「いいじゃないか、兄さん。同じきょうだいなんだよ（……笑）。歳はまぁ、違うけれどさぁ」（笑）
「いや、確かにそうだけれどもよう。俺ね、どうも、アイツはね、この頃ちやほやされ過ぎだと思うんだ（笑）。俺はアイツがいないときは一番人気だったんだぜ、お前（爆笑）。アイツがいるおかげで、そうではなくなっちゃったんだから」
「ああー、来たよ、兄さん。こっち、こっち。おーい」
（目の前を急速度で横切るのを右から左に首を振って）シューンシューンシューンシューン、ビユウゥゥゥン！（爆笑）
「行っちゃったじゃねぇか、向こうへ、おい」（爆笑）
「いや、戻って来る。ほーら、来た、来た、来た」
「（娘の口調）兄さんたち！　遅くなってごめんなさい。元気だったぁ？　お・ま・た・せ！」（爆笑）
「煩いなぁ……、あいかわらず『のぞみ』は、派手だな」（爆笑）
「はい、兄さんたち、これお土産、博多の『めんたいこ』よ」
「ん？　……めんたいこぉ?」
「だってさぁ、ひかりお兄さんや、こだまお兄さんは、ほら、直通がないでしょう、博多までね（爆笑）。あたしは、ほら、しょっちゅう直通で行ってるから」（爆笑）
「嫌な感じだな。言っとくけどなぁ、俺だって行ってたんだよ、昔は。『ひかりは西へ』なんて言ってな」

「……確かにねぇ、今はそうだねぇ。東京から新大阪まで、新大阪から博多までだね。うん、うん、直通はないもんねぇ。これもう、有難くいただくよ」

「待て、待て、こだま、えっ！　お前、悔しくねぇのか？　えっ！　俺はこいつがいるおかげでもってな、『一番早くもなければ、かといって各駅停車でもない』という（爆笑）、半端な列車になっちゃったんだぞ」（爆笑）

「だってさぁ、オイラはいいんだ。昔っから各駅停車だから、ハッハッハ……、別に」（爆笑）

「お前も嫌な感じだな」（爆笑）

さあ、文句は言いながらも、この三人きょうだいは大変仲がいいんですね。のぞみ・ひかり・こだまの、東海道新幹線・三きょうだい揃い踏みでございまして……、

「今日ねぇ、皆に集まってもらったのはさぁ、実はねぇ、停車駅のことなんだ」（笑）

「はぁーん、停車駅？」

「何、停車駅って？」

「……うん、のぞみに訊きたいんだけどもさぁ、東京から順番に、駅名を言えるかなぁ？」（笑）

「何言っているの、兄さん？　あったりまえじゃない。毎日走ってるのよ、あたし。言ってみようか、簡単じゃない。東京でしょ、品川、新横浜でしょう。それで、名古屋でしょう（笑）。それから京都……」

「ちょ、ちょ、ちょ、ちょ、ちょ、待て、待て」

「何、ひかり兄さん？」

「『何？』じゃねぇんだよ、のぞみ。だからお前はね、若いってんだよ」

「あたし、25よ」（笑）

「25年も生きててな、駅が途中、とんでますよって話だよ」

「えっ！　うっそぉ！　とんでる？（笑）　そんなことなぁい。……今日だって走ってたわよ。え、東京でしょ。品川、新横浜でしょ。で、名古屋で、京都で、新大阪……」

「ちょい、ちょい、ちょい、ちょい、ちょい、そこだ！　全然違うよ、お前。あいだにあるんだよ。静岡とか、な（笑）。浜松とか」

「えーっ⁉　うっそぉ！　あいだに駅があるなんて、アタシ知らないもん（笑）。この25年、何にも知らないわよ（爆笑）。何それ、シズ、……オカァ？（笑）　岡がある訳？（笑）　ハマ……、マァーツ？　何それ、マァーツって？」（爆笑）

「ヘンなところで切ったり延ばしたりするんじゃないよ（笑）。お前はな、急ごう急ごうってなぁ、先ばかりを見ているだろ？　だから、そういうことになるんだ。俺みたいにな、沿線に配慮しながら（笑）、それでバッと駆け出していくもんさ」

「……さすがだねぇ、ひかり兄さんは……」

「おうよ」

「……でもね、ひかり兄さん、他にもね、新富士とか（笑）、掛川とかの駅があるんだよ」（爆笑）

「エーッ⁉　冗談で言ってんだろ（爆笑）？　最近出来た？　嘘？　俺、53で何も知らないよ、お前（爆笑）。何それ、シン・フージって？　え、何それ？　カケ・ガァーワって？　ガァーワって何だよ？」
「……ちょっと途中でさぁ、切ったり延ばしたりしないでよぉ。静岡県にはねぇ、6つの新幹線の駅があるんだよぉ」
「うっそぉ！　冗談だろ、お前《めぇ》？　6つもある訳ねぇよ。……4つくらいだろ？」（笑）
「……ぐらいとかないんだよ。本当に6つある……」（笑）
「えぇっ！　今、はじめて知ったよ」
「ちょ、ちょっと待って、兄さんたち。今、言っている静岡県って、なぁに？」（爆笑）
「兄さん、ビックリしたね」
「驚いたね、オイ。これ、静岡落語だぜ、お前（笑）。今の言葉、言っちゃいけないだろ？『静岡県って、何？』って……。ショックで立ち直れないぜ」
「……いいかい、のぞみ、聞いてくれよ。オレたち東海道新幹線はね、この53年のあいだ、静岡県の中を、行ったり来たり、行ったり来たりしている電車なんだよ。だけど、静岡県民にとってみれば、新幹線とは、……ほぼ『こだま』のことを言う（爆笑・拍手）。……で、ときどき『ひかり』なんだよ（爆笑）。で、『のぞみ』に関しては、存在すらしてないんだ」（笑）
「えぇぇぇー！　うっそぉ！　アタシ、存在してないの？」
「……そうなんだ。だから、のぞみ、お前が知らなくてもお互い様なんだ、ここは（笑）。それでも、オレは思うよ」

「なぁに？」

「……静岡県にやっぱり申し訳ないかなぁ……、と」

「そういうこと……、そうよねえ、アタシだって25年も行ったり来たりさせてもらってて、ねぇ、知らんぷりなんだからね」

「そうだよ、一時はさ、県知事なんか大変だぜ。『のぞみから通行税を取れ！』なんて言ってさ（爆笑）。叫んでたんだから」

「通行税⁉」

「……そんなこともあったねぇ。まあ、確かに時代錯誤な感じはするけれども（爆笑）。でも、気持ちは分かるよ」

「そうだよな」

「だからさぁ、一度3人でぇ、静岡県の、その新幹線の駅に、皆でご挨拶に伺うのはどうかなぁと思って（爆笑）、集まってもらったんだ」

「おお、行こう！」

「行こうじゃなぁい！」


　という訳で、のぞみ・ひかり・こだまの三きょうだいが、まずは静岡で一番端の駅、熱海にやってまいりました。

「熱海⁉　俺、ここは神奈川県だと思っていたよ」（爆笑・拍手）
「そういう人は多いんだよ」（爆笑）
「アタシなんか、トンネルに気をとられていて、気がつかなかった。駅があるわぁ（爆笑）。初めて知った、この、駅ぃ〜（笑）。ワァー、眺めがイイのねぇ、下の方に海が見えて……。あれが、熱い海ぃ？」（笑）
「そういう訳じゃないと思うけれどもね」
「（旅館の番頭風）いらっしゃいませ、お3人方、お揃いでございますね。ハイ、ハイ、どうです？　いい温泉宿を紹介しますよ」
「あ、あなたは、誰ですか？」
「熱海駅です」
「えっ？　駅が喋んの⁉」（笑）
「あなたたちに言われたくないですよね？」（爆笑）
「ああ、確かにね」（笑）
「まぁ、昔はね、団体のお客様で思い切り繁盛したんでございます。それから、ちょっとね、元気が無くなりましたけれども、この頃V字回復ってやつでね（爆笑）、まぁ、いろいろ、若い女性向けの宿も出来たもんですからね。お客様がたくさんお越しいただきまして、……のぞみさんも、いかがですか？」
「へぇ、そうなんだ。アタシも一度泊まってみたい」
「一度とは言わず、日に2、3度、停まって（泊まって）くださいよ（爆笑・拍手）。よろしくお願いします」

はい、ここでトンネルをくぐると、

「さぁ、三島駅だぁ！　俺はここにたまに停まるんだ」

「へぇっ？　アタシは初めてぇ」

「(両手で鰻を摑もうとする仕草を、ずっと続けながら) ああ、どうも、どうも、いらっしゃいませ (爆笑)。はい、ええ、ええ、ええ、三島駅でございますよぉ〜」(爆笑・拍手)

「何してんです、三島駅さん？」

「『何してる？』って、見て分かるでしょう？　鰻を捕まえようとしているんですけれどもね、これがなかなかヌルヌルして大変なんですよ」

「……三島はねぇ、鰻で有名だから……」

「いや、いや、いや、いや、鰻は浜松じゃねぇのかい？」

「(鰻を摑もうとする仕草のまま) ええ、そうなんですよ。浜松で獲れた鰻をね、三島に持って来て、富士山の伏流水に、2、3日浸けておくと、美味しくなるってんでねぇ」(爆笑)

「へぇ、そうなんだ。アタシ、食べてみたい」

「ええ、のぞみさんも、どうぞ、一度ね、三島で降りてくださいね。あの、あー、あー、あー」(鰻を持ったままどこかへ行ってしまう)

「おい、おい！　どこに行くんだよぉ〜！」

「(鰻を持ったまま)私には分かりませんから、前に回って鰻に訊いてください」(爆笑・拍手)
「しょうがねぇな……、古典落語みたいな駅だな、行っちゃったよ、向こうに」(笑)
「……はい、そして次がねぇ、新富士駅ですよ」
「おっ、俺、ここ、初めてだな」
「ここでもってねぇ、オイラが停車してると、横をねぇ(……笑)、のぞみが猛スピードで、ヒュン、ヒュン、ヒュン、ヒュン、ヒュン、ヒュン、ヒューンって(爆笑)、……もの凄く揺れるんだよぉ(爆笑)。飛ばされちゃいけないと思って、線路にしがみつくんだぁ(爆笑)。その後、どれほど肩が凝るかぁ……」(笑)
「えぇぇー! お兄さん、知らなかった、そんなこと。悪かったわ、言ってくれればいいのに」
「……ところが、そのあとだ。油断してると、ひかり兄さんが(爆笑)、ヒュン、ヒュン、ヒュン、ヒュン、ヒュン、ヒュン、ヒューンって(爆笑)、死ぬかと思う(笑)。身体にダメージがぁ……」
「おい、言ってくれよ、それ。俺はさぁ、お前《めえ》がいるのを分かってんだよ。そういえばなぁ。そう、それで、ちょっとイイところ見せようと思ってな。ピャァァァーッと走っちまうんだよ。徐行しようか?」
「いや、いや、いや、いや、別に……。そうやって抜かされて行ったときにだよ。県知事さんが言う、『のぞみから通行税を取れ!』と言うのが(笑)、……分かる気がするんだよね(爆笑・拍手)。あの瞬間」

「へぇ、そうなんだ」

「（女性）いらっしゃいませ、新富士駅でございます」

「あっ、どうも、お邪魔してます」

「（遠くを指し）……富士山（笑）！　素敵でしょ？」

「ああっ、本当ですよね～。いや、いや、いや、本当に富士山はいろんなところから見えますけれども、やっぱりこの新富士から見る富士山は迫力が違いますよ。景色の殆どが富士山ですからね（笑）。凄いですよね」（笑）

「はい、世界遺産でございますからぁ」

「本当にね、車両の中からでも、皆、写真撮ってますからね」

「はい、ここだけの話ですけれども、富士山は静岡県のものですからね」（爆笑・拍手）

「周りからは拍手が聞こえました、今ね。いや、別にそんなことは何も訊いてないですけれども、ああ、そうですか。他に何か名物ってあるんですか？」

「……………富士山（爆笑）、素敵でしょ？」

「ああぁ、素敵ですよね」

「世界遺産ですから」

「……ああ、はい……」

「ここだけの話なんですけれども、富士山は……（笑）、静岡県のものですよ」（爆笑・拍手）

「今、聞いたばっかりなんですけれど、それね（笑）。あのですから……」

「富士山（爆笑）！　素敵でしょう？　世界遺産です。ここだけの……」

「もう、いいです（笑）。どうも、話が回っちゃっているんですね。ああ、もういいです。次に行きます」

「（ビジネスマン風）どうも、ようこそ。静岡駅でございます。はい、安倍川餅でもどうぞ」（爆笑）

「ああ、ありがとうございます。俺はね、ここはね、結構停まるんだよ」

「はい、ひかりさん、ありがとうございます。1時間に1本停まってもらってますからね（爆笑・拍手）。まぁ、座布団、1枚！」

「ああ、座布団くれるんですか？　ああ、どうも、ありがとうございます」

「はい、この時刻表をご覧ください。（指しながら）『こ・こ・ひ、こ・こ・ひ』と書いてありますね（爆笑）。これ、何だか、分かりますか？」（笑）

「うう、そりゃぁね、分かります。停まってますからね。『こだま・こだま・ひかり、こだま・こだま・ひかり』ですよね」（笑）

「そうです。はい、では1問目にまいります。まず、この『こ・こ・ひ』を使って新しい言葉を作ってくださいね。……はい、ひかりさん」

「……ちょっと、待ってよ。何で『大喜利』になってんの？　……もう、静岡と言えば『大喜利』ということになっている訳？　……あ、去年からそうなった？（爆笑）　やっぱりね。そうなの、でも、手も挙げ

てないのに、フリップ渡されちゃって、……『こ・こ・ひ』で何か作ればいいの？　新しい言葉？　え〜とね、じゃぁ、

こまったな　こまったなあ　ひとりものの春風亭昇太」（爆笑・拍手）

「あのねぇ、言わしてもらうけどね、春風亭昇太を侮辱するということは、静岡を侮辱することなんだよ！」（爆笑）

「ちょっと大袈裟じゃないですか、それ？　本当ですか？」

「本当ですよ！　はい、山田君、座布団1枚持ってってよ！」（爆笑）

「持ってかれちゃったよ、1枚」

「はい、ひかり君」

「別に手を挙げてないんですよ、俺。またですか？　じゃぁ、え〜と何がいいかな、では、では、ね。

このあいだ聞いた　高座酷《こうざひど》かった」（爆笑）

「何言ってんの⁉　もう、座布団、全部持ってって！」

「おう、ちょっと、全部持ってかれちゃった、座布団。……誰がとか、言ってないじゃない、もう。ああ、怒ってるよ。ちょっと、のぞみ頼むよ」

「はい！」

「じゃぁ、のぞみさん」

「やります、はい。

この人なら　心から　贔屓にしたい　春風亭昇太」（爆笑）
「エライ！　そういうもんです！　ひかりさん、いいですか？　分かります？　本当に、お願いします
よ、もうねえ。はい、じゃぁね、のぞみさんにはね、座布団5枚」
「甘いなぁ……、5枚もあげちゃうんだ」
「嬉しい。この駅、初めてだから……」
「そうか、のぞみは初めて、……やっぱあれでしょう？　静岡駅さんも、やっぱのぞみに停まってもらい
たいですよね？」
「いえいえ。ウチは東京が近いですからねえ、ひかりさんで十分ですよ」（笑）
「だいぶ、謙虚ですね」
「まぁ、山陽新幹線なんかを見てますとね、どの駅とは言えませんけど、『え？　ここに停まるんです
か？』みたいなね……（爆笑・拍手）。そんなところに、のぞみさんが停車してるんですよ。まぁ、ウチは
こう言っちゃなんですけど、……政令指定都市ですからねぇ」（爆笑）
「はぁ、なみなみならぬ自信がおありですね？」
「まあ、プライドの問題としましてね、ウチだって、のぞみさんが停まる資格はあるんじゃないかと
……、というか、なぜ停まらないんだ（爆笑）、というか、停まるべきなんだという……」（爆笑）
「謙虚なんだか、自信満々なんだか、分かりませんね？」（笑）
「ここだけの話ですけど、のぞみさん！」

「もし、県内で一つだけ停まるということが決まるんであれば、（耳打ちする）浜松でなく、ウチに」（爆笑・拍手）
「アタシ、プロポーズされた気分だわ」（爆笑）
「はい？」

「（女性）はい、いらっしゃいませぇ。掛川駅でございます、ハハハハハ」（笑）

「……ここはパスしてもいいだろう」

「ダメだよ、兄さん」

「だって、ヘンなキャラだから……」

「はい、どうも、いらっしゃいませ。ウチは木造駅舎を残してるんですよ」

「（上の方を見つつ）おお、そうですよね。趣《おもむき》があって、いいですよねぇ」

「はい、お茶をどうぞ」

「お茶いただいた。皆で、お茶飲もう、お茶飲もう。お茶いただきます。……うん、お茶美味しいですね？」

「掛川茶でございますからねぇ、ハッハッハッハハァ」（爆笑）

「有名ですもんね、これね（もう一回飲んで）。うん、美味しいですね」

「深蒸し茶でございますからぁ、ハッハッハッハァー」（爆笑）

「うん、そうね。……他には、ここは何が有名なんですか？」

「………（笑）。お茶をどうぞぉ～」（爆笑）

「ああ、どうもすみません。ありがとうございます、はい。うん、うん、うん、やっぱりね、お茶は美味しいですよね」

「掛川茶でございます（笑）。蒸し茶ですからですね（笑）。フッフッフッフゥ……。お茶をどうぞ」

（爆笑）

「ああ、ここも他に話題が無いみたいだからね、先に行こう、先に」（爆笑）

「（ビジネスマン風）どうも！　浜松駅でございます。え～、夜のお菓子『うなぎパイ』でも、どうぞ」

（爆笑）

「おお、ここもね、俺、よく停まるんだよ」

「ありがとうございます。そう、確か、ひかりさんには停まっていただいておりますね。ハイ、こちらですね、あの……、真夜中のお菓子もございます（笑）。『ＶＳＯＰ』、金のパッケージになっております（笑）、ハイ。まぁ、こちら、普通のうなぎパイと味は大して変わりませんけれどもねぇ（爆笑・拍手）。

……ちょっと、良くなかったですねぇ、これねぇ」（爆笑）

「……浜松で演らなきゃいけないから、これなぁ（爆笑）。……あ、そう」

「いやぁ、でもねぇ、ひかりさんには停まっていただいております。時刻表をご覧ください。１時間に１本。（指しながら）『こ・こ・ひ、こ・こ・ひ』でございます」（爆笑）

「……何か、さっきと展開が似てるね？　これねぇ？」

「はぁーい！」

「はい、では、のぞみさん！」

「ここも、大喜利やるの？」

「はい、やります！　えっと、
　ここいらで　これを食べたい　ひつまぶし
　イエーイ！」

「何だよそれ？　……シーンとしちゃったじゃないか？（爆笑）　名古屋だから、それ名古屋」

「えっ⁉　ここ、名古屋じゃないの？」

「名古屋じゃないよ！　静岡でしょう？」

「アタシ、間違っちゃった！　どうしよう？」

「ほら、怖い顔して怒っているじゃない？　じゃぁ、俺が挽回するから……、はい！」

「では、ひかり君！」

「はい、いきます。はい。……え～と、
　ここだけにしかない　こだわりのピアノ　弾きたいな」

「（膝を叩く）上手い！　上手いなぁ（拍手）、さすがですよ。さすが、ひかりさんは1時間に1本の貫禄が出ましたね（笑）。よく言ってくださいました。浜松はねぇ、音楽の町です。ヤマハを中心に、カワイも、ローランドも本社を置くという、もうね、ここにしかないという空気感がありますねぇ、ハイ。そして、まぁ、残念ながら、お亡くなりになりましたけれどもね、世界の中村紘子さん、ねぇ、ヤマハとチームを組んで世界中に素敵な音楽をお届けしたんでございますねぇ。そして！　なんと！　あの落語家の柳家花緑が（笑）、『音楽之友社』の企画でもって、ピアノ工場を見学するというのがだいぶ昔の話ですけれども（爆笑）、ここ最近はね、新東名高速道路、はい、インターチェンジ、そこのブースの中で、グランドピアノが出来るまでのバーチャルツアーというのをやっていて、大変、好評を博したのでございますねぇ（爆笑・拍手）。これが、２０１４年、１年間だけが、なんと！　好評につき、２年間もやりまして、今、無事に終了しているという訳でございますね」（爆笑）

「ここだけ、情報が厚いねぇ、やたらとねぇ」（爆笑）

「アタシ、この駅も初めて……」

「あっ、そうか、のぞみ、初めて……、あっ！　あの、ねぇ、あれですよ。ウチののぞみ、やっぱりねぇ、浜松さんところも、停まって欲しいですよね？」

「いえいえ、ウチは名古屋が近いですからねぇ（爆笑）。ひかりさんで十分です」（爆笑）

「いや、何か、ここも似たような感じになって……」（笑）

「いやぁ、でもねぇ、山陽新幹線もですよ。どこの駅とは言えませんけれどもね（爆笑）、『え？　ここに停まるんですか？』みたいなところへねぇ（爆笑）、のぞみさんが停車してますからねぇ（笑）。ウチは何と言ってもねぇ、政令指定都市ですから……」（爆笑・拍手）

「デジャヴ？　これ？　デジャヴだね、これ、これねぇ」
「いやぁ、プライドの問題としましてねぇ、ウチだってねぇ〜、まぁ、のぞみさんが停まる権利があるんでは、……ないか。……というか（笑）、なんで停まらないんだ（爆笑）、というか、停まるべきだなんだという……」（爆笑）
「……全く同じですね、さっきとねぇ」（笑）
「ハイ、ここだけの話、のぞみさん！」
「はい！」
「もし静岡県で、一駅だけ停まるということになったら、……静岡でなくウチに」（爆笑）
「同じことを言ってる」

さぁ、のぞみは初めての経験ですから、たいそう喜びまして、

「（手を打って）ありがとう、兄さんたち！　アタシ、一つ、一つ停まってみて、本当に感激しちゃった。静岡って、こんなにイイところだったのね。凄い嬉しいわ、アタシ」

「……分かってくれれば、イイんだぁ」

「いや、俺もそうだ。知らない駅があったからさぁ、本当に良かったと思って……」

「ねぇ、兄さんたち、アタシ、決めたわ！」

「おっ、そうかい？　へぇ、じゃぁ、嫁に行くのかい？　昇太のとこへ」（爆笑）

「そうじゃないわよ。アタシね、これから全ての駅に停車しようと思うの！」（笑）
「へぇ～、……えぇぇぇー！」（爆笑）
驚いたのは各駅でございまして、「ウチにものぞみが停まるぞ！」ってんでね。もう、全然気にしませんって顔をしていた静岡も浜松も喜んじゃって、「これで東京と同じだ！」、「これで名古屋と同じだ！」みたいなことになって、「こ・こ・ひ、こ・こ・ひ」と書いてあったのが変わりますからね。１時間にのぞみが６本停まりますからね（爆笑）、「の・の・の・の・の・の」なんてことになりますから（爆笑）。
「どうだい！　ウチは、『の・の・の・の・の・の』だぞぉ！　で、作ってみたよ。え～、ノリノリで　乗ってみたいな　のぞみ号　飲んで　のけぞり　脳みそドバーン」（爆笑）
訳が分からない（笑）。上手くもなんともなかったりして……。「のぞみは叶うだぁ！」なんてことを言いながら、……さぁ、こうなると各駅停車ばっかり増えましたから、「やっぱり、速いのもあったほうがいいんじゃないかな」ということに議論がなりまして、結局、「じゃぁ、こだまをそうしたらいいんじゃないか」と（笑）、なんのことはない、のぞみとこだまが入れ替わっただけになってしまったという……（爆笑）。
さぁ、そうなりますと、こだまが一切静岡県に停まらないってことになりましたから、県知事がまた吠えまして、
「こだまから、通行税をとれぇ！」

山口『維新穴《いしんあな》』

2013年3月8日　東京・渋谷ヒカリエ

【登場人物＆前説】

★おもな登場人物

男……東京在住。山口県出身で歴史オタク。

その妻……ミサコ。東京出身。

キツネ……萩の山中に棲む。人間に化け「常木昆次郎」と名乗る。

この落語シリーズを作っていると、よく、「青銅さんはその土地に行ったことがあるんですか?」「どうやって各地のネタを見つけるんですか?」と訊かれる。

行ったことがある土地もあれば、ない土地もある。本当は取材で毎回その土地に行けばいいのだろうが、そんなお金も時間もない。が、私は元々地図好き・日本史好きで、地方文化好きでもあるのだ。ことさら取材しなくても、だいたいわかる。

しかし、この落語シリーズは「あまりその土地に密着しすぎてはいけない」と思っているのだ。その県の人におなじみの地名、人名、商品名がぞろぞろ出て来て、しかも方言もいっぱい入っていると、土地の人は喜んでくれる。実をいうと、そういう落語を書くのはわりと簡単なのだ。

だがそれでは、地元以外の方には面白さがわからない。全国の人に、落語を通してその地方に興味を持ってもらうのも目的なので、それではいけない。全国誰でもわかるその県のパブリックイメージも欠かせないのだ。ところがそればかりだと地元の方は「あ〜あ、またいつものアレか」と物足りないだろう。

なのでいつも「全国誰でもわかるその県のイメージ」と「地元ならではのコアなネタ」のバランスをどう取るかで苦労するのだ。

すでに何度か書いてきたが、私は山口県出身だ。だから山口県の落語を作る時が、実は一番難しかった。地元ネタを知りすぎているからだ。

＊

この落語はシリーズの二作目。一作目が東京の『パテ久』だったから、東京でしか演っていない。地方で行う第一弾がこれだったのだ。

地方在住の人はナマの落語をあまり見たことがない。なので私はこのシリーズでは絶対にその土地に行って落語を披露したかった。しかし花緑さんは最初不安だったようだ。それはそうだ。受けるとわかっている定番の古典落語ネタでも、落語にあまりなじみのない地方で演るのは不安だろう。そこへもってきて、受けるかどうかもわからない新作をかけるのだから。

ところが、この『維新穴』を山口県周南市で演ったらちゃんと受けたのだ。とても温かい反応でもあった。以降、このシリーズは現地で披露することになったのだ。山口県出身者として、地元の方々の反応に感謝している。

世田谷の三軒茶屋、……あそこに世田谷線という電車が通ってますね。はい。大変こぢんまりとした庶民的な電車ですよね。三軒茶屋から出て、三つ目の駅に、松陰神社前というところがありますね。そこに住む男が、朝、食卓で、新聞と何やら睨めっこしておりまして、

「う、う、う……なんなんだ、この記事は！　許せない！」（新聞を引き千切ってしまう）

「ちょっと、あなた、何してるの？　新聞破いて……、あ〜あ〜、何でそうぶちまけて、何をしてるの、この人はもう」

「読んでた記事になぁ、腹が立ったんだ！」

「もうやめてよ、そういうことをするの……、どれ？　破いちゃったから分かんない。（破けた新聞、繋ぎあわせながら読む）……安倍首相、……妊娠発覚……」（爆笑）

「へんな記事を繋げるな、そこ」（笑）

「あなたがいけないんでしょう？　分かんない。（千切れた新聞を拾い集めて）どれが、気に入らないの？　これ？　……『維新の会』？」

「それだ」

「え？　維新の会に、なんで腹が立つの？」

「いや。維新の会そのものは、別にいいんだよ。その名前にオレは怒ってるんだ」

「名前？　名前が何？」

「『名前が何？』ってさ、この頃あれじゃないか？　最近、『なんとか維新の会』って多いだろ？」

「確かに、そう、たくさんある。『日本維新の会』でしょ、それから『大阪維新の会』でしょう。……あれ？　『東京維新の会』ってのもあったかしら？　とにかくたくさん……」

「そうなんだよ。もう、そこら中な、維新だらけなんだよ」

「あっ、維新そばってのもあったわよね？」（爆笑）

「ニシンそばだ、それ」

「あっ、そっか。……で、なんであなたは、『維新』って名前に怒ってるの？」

「ミサコ、ちょっとそこに座りなさい」

「座っているから……」（笑）

「あのな、お前も知っての通りだ。オレは山口県出身だ」

「そうよね。学生のとき、東京に出てきたんでしょう」

「そう、両親は早くに死んじまったしな、もう田舎とはな、だいぶ前から縁は切れているんだけれども、でも、オレが山口出身であることには変わりはない」

「そうね」

「だろ？　で、山口の名産といったら、何だ？」

「え？　名産？　なあに？　山口県の名産？　……ふぐでしょ、そうよね？　あとなぁに？　……え、ふぐでしょう（笑）？　……え、ふぐ？」（笑）

「ふぐしか言ってないだろ？　あるだろ、他に幾らも。蒲鉾《かまぼこ》とかもそうだよな。……小田原じゃない、そういうこと言わない。あるんだよ（笑）。……あと、総理大臣」
「えっ！　それ、名産なの⁉」（爆笑・拍手）
「当たり前だろ、お前。全国一の生産量を誇ってんだぞ」（爆笑）
「確かに、いっぱい出てるもんねぇ」
「だろ？　山口はねぇ、結構パッとしないんだ、県としてな。だから、自慢するところがそこしかないんだよ。何で、そんなに、お前、総理大臣が多いと思う？」
「えっ？　何で、多いか？」
「そう」
「分かんない」
「簡単に諦めるな（笑）。じゃぁ、ヒント。ここはどこだ？」
「ここ？　お家」（笑）
「いや、ここ」
「ここは、リビング」（笑）
「違う言い方で」
「居間」（笑）
「もっと、広く（両腕を大きく広げて）、全体は？」
「第1マンション」（笑）

「そういうこと訊いてんじゃない。もっと、この辺一帯を広ぉ～くとらえよ」

「広ぉくとらえて、アジア」（爆笑）

「……あの、広すぎた。悪かった、オレが。狭くとらえて……」

「狭いアジア」（爆笑）

「違う、……アジアから離れてくれ」

「ヨーロッパ」（爆笑）

「そっちには、行くな。日本でいいんだ。日本の話をしている。日本だ、日本、日本！」

「えっ、狭く？　じゃぁ、東京……、えっ、違うの？　世田谷？　もう、分かんない。……あの、松陰神社前？」

「それだよ」

「それでいいの？　松陰神社が、そう……」

「松陰神社があるだろ？　祀られているのは、誰？」

「……吉田松陰」

「バカヤロウ！　なんてことを言うんだ」

「えっ？　違った？　違ったの？　吉田照美？」（爆笑・拍手）

「もう、イイ。……ミサコ、そこに座ってくれ」

「座ってるから！」

「あのな。山口県民はみんな、『松陰先生』と呼ぶんだ。呼び捨てにするとはなにごとだ！」（笑）

「知らない、そんなこと（笑）。もう、やめてよ。私は東京生まれなんだから」

「そうだったな。じゃぁ、もう、イイ、許す。でも、その松陰先生が幕末、長州・萩に作ったものは何？」

「えぇ？　なんだっけ？　なんか教科書に載ってた、そういえば。私知っている筈。ええと……、あれよ、ナントカ塾」

「そう、そう、そう、それだよ」

「河合塾（笑）？　ああ、違う、違う、違う。明光義塾」（笑）

「どっちも違うから。学習塾じゃないよ」

「ええっ！　……あの、あれでしょう？　ほら、松陰の松っていう字で……」

「そう、そう！　それ！」

「あっ、松下政経塾！」（笑）

「違うよ、松下村塾だよ！」

「えっ？」

「『え？』じゃないよ。松下《まつした》って書いて、松下《しょうか》って、読むんだよ」

「アハハ……、しょうか」（爆笑）

「言うと思った、それな（笑）。あのな、松陰先生のおかげでな、松下村塾を出た、そのメンバーが明治維新を起こしたんだよ。だから、山口県は総理大臣が多い」

「あっ……、なるほどねぇ」
「だろ？　そういうもんだ。だからな、『維新』という言葉を遣っていいのは、山口県だけだ！」
「えっ、そうなの？」
「いや、でも、鹿児島県もいい。……つまりな、『元祖・維新』が山口で、『本家・維新』が鹿児島だな」（笑）
「おまんじゅう屋さんみたいね」（爆笑）
「まんじゅうと一緒にするな、おまえ。でもなぁ、ギリギリな、高知と、あと佐賀もいいな。その他の県が、『維新なんとか……』を使うな！　もう、許せないんだ、オレは！」
「あっ、それでさっき新聞を破いたりして、最初に繋がるのね。ああ、まわりくどい」
「アッハハハハ、悪かったな。もうね、山口の人間は歴史好きだからな」
「でも、あれよね。日本人って、明治維新が好きねぇ。だって、ほら、大河ドラマだってさぁ、3回に1回は、幕末・明治維新モノやってるでしょう？」（爆笑）
「そうなんだよ。ドラマ、映画、歴史小説、マンガ……、もうね、全国にね、幕末・維新好きは、3千万人は、オレいると思うよ。だから、元祖・維新である山口は、もっとこれを利用すべきだと思うんだ」
「どうするの？　………あっ、維新そば？」（笑）
「いや、それは……、本当に地元にあるかも知れないな（笑）。でも、この節は違う。もっと広ぉ～くな、ドーンとでっかく利用するんだ」
「どういうの？」

「だから、アレだよ。維新の聖地である山口県の萩にな、『明治維新ランド』を作るんだよ！」（笑）
「明治維新ランド？　なにそれ？」
「テーマパークだよ。もう、そこに行けば毎日が明治維新！（爆笑）　もう、幕末・維新オタクが泣いて喜ぶ夢の国だ」（笑）
「え？　どうなるの？」
「だからな、メイン・キャラは、松陰先生だよ。ランドの中を歩いていて、松陰先生に出会ったら、気楽にな、記念撮影に応じてくれるんだよ（爆笑）。
『（キャラクター的な裏声）ボク、松陰だヨ！（Ｖサイン）』（爆笑）
生涯忘れられない思い出になるな。夜になると人気なのは、高杉晋作率いる『エレクトリカル奇兵隊パレード！』（爆笑）
「何それ？」
「あるんだよ、お前。もう、ピッカピカのキラッキラのな、電飾をつけた高杉晋作が、山県有朋が、伊藤博文が、陽気に歌って踊って、大行進だな！」（爆笑）
「歌って踊るの？」
「そうだよ。それにな、夜空を彩る花火じゃなくって、アームストロング砲が、ドカ〜ン、ドカ〜ン！撃つのは、お前、大村益次郎だよ（笑）。凄いぞ、お前。それで、メインにはな、アトラクションがある。人気間違いないのはな、３Ｄメガネをかけて体感する『新撰組ウォーズ！』。毎日が３時間から５時間待ちな。とにかく3Dだから凄い！　決闘のシーン、刀がビュンビュン迫って来るから、皆が一斉に、『ワァ、危ない。ワァ、危ない』って、右に左に揺れるんだ、お前。これもう、大人気になるな。それで、ランドの真ん中にある『指月城《しづきじょう》』だよ（笑）。ここではな、結婚式を挙げることも出来ます（爆笑）。……要予約です」（爆笑）

「何それ？　もう、何か、いろんなとこから怒られそう！」

「とにかくな。もう、今、喋っているだけで歴史オタクの血が騒ぐな。もう、ワクワクしてくるよ。大人気間違いなしだ。どうだ、ミサコ、山口に帰って一緒に明治維新ランドをやろう！」

「バカじゃないの、もう？」

「え、ダメか？」

「当たり前じゃないの！　上手くいく訳ないわよ、そんなもの。何言ってんの、この人。年甲斐もない。止めてそんなこと！　そんなことしろっていうんだったらね、離婚よ！　あんた1人でやって頂戴！」

「（山道を登りながら）よいしょ、よいしょ、よいしょ、……いやあ、何十年ぶりかに山口県に帰ってきた。萩は、小学生のとき以来だな……」

山口県・萩は、日本海に面した街ですね。男は、その郊外にある「田床山《たとこやま》」に登っています。

「いやぁー、いいなぁ、いい天気だから、今日は、小鳥がさえずり、人ともすれ違わないし、なんだかのんびりした感じでいいじゃないかなぁ。……おお、来たぁ！　いい眺めだなぁ、やっぱりなぁ。二つの川がこう流れて、三角州の真ん中にあるのが、この萩の街だよ。海に突き出た小高き山、……これが指月城跡。その向こうに、小さな島が、こう点々と繋がって、……ああ、絶景だ。

ああ、でも、こうして見ていると、しみじみ思うなぁ。萩の街は小さいんだよ。……高杉晋作、桂小五郎、伊藤博文、みんな、この小っちゃな街のご近所さんだったんだよ。言ってみりゃ、この町内が明治維新を行って、根こそぎ日本を変えてしまった。……これは凄い。ここにロマンを感じなくて、どこに感じるんだ？　いやぁ、凄いなぁ、『明治維新ランド』、絶対に流行る。奇兵隊パレード（笑）、絶対にやりたいなぁ」

熱く語っていると木の陰から覗き見していたのが、1匹のキツネで、

「あらぁ？　……見かけない人間がいて、フフッ、変なことを言っているね。『明治維新ランド』とか、え？　何？『奇兵隊パレード』だって……。面白そうだな、ちょっと行ってみよう」

落ちている木の葉を頭に乗っけると、印を結んで何やら唱《とな》える。くるっと1回転すると、ボーン！　人間に化けて、

「あっ、どうも、こんにちは、旦那」

「おっ、あっ、ビックリした。あ、はい、どうも……」

「今、ちょっとそこで聞いていましたけれどもね。何か、『明治維新ランド』を作りたいとか？」

「そうなんですよ。作りたいんです、わたし。……若い内にこの街を出て行ってしまったんですけれどもね、こんな歳になりましてね、何か、このぅ、地元にね、故郷にお返しをしたいなって気持ちになりまし

てねぇ」

「ああ、それで、維新のテーマパークを……」

「そうなんです」

「嬉しいですね、それは。いや、これねぇ、この萩に限らずですけれどもねぇ、地方は、今、人がどんどん減って、産業もなくなっているじゃないですか？　だから、こういうのが、有難いんですよ。雇用が増えて、街が活性化しますよ」

「そう思うでしょ？　そうなんですよ！　そう思ってやりたいんです！　……でも、先立つものが……」

「お金ですか？　あっ、お金でしたらねぇ……」

「えっ？　あるんですか⁉」

「あります。いや、今はないです。すぐ出来るんです。ちょっと、向こうを向いててもらっていいですか？」（……笑）

「えっ？　向こうって？」

「ああ、海のほうです。はい。ちょっと向こうを見ていて、……そう、そう、そう。ちょっと、向いてて、こっち見ちゃいけませんよ。はい、はい、はい、（両手で周囲の枯葉を集めつつ）今、すぐですからね。……枯葉を集めてと……、見てないですよね？」

「見てないです。大丈夫です、ええ。何かガサゴソ音がしてます」

「ああ！　気にしちゃイケません。そういうのは別に気にしなくていいんです、はい、はい、ドンドン集めてと……、大丈夫ですね、ハイ。よし」

　さぁ、印を結んで、何やら呪文を唱える。見ていると、この落ち葉の山、札束の山に変わって、

「ああ、出来た！　出来た！　フッフッフ、あっ！　見てないでしょ？　見ちゃダメですからね、これね。あの見るとね、目の玉を親指で突いてかき回しますよ」（笑）

「物騒なことをしないでくださいよ。大丈夫です。見ませんから……」

「そうですか？　じゃぁ、これを並べて、キレイに、ハイ、ハイ。テッテッテッテ、……ハイ！　いいですよ、こっち見ても……」

「大丈夫ですか？　親指で突かないですか？」

「そんなことしませんから……」

「（ゆっくり振り向く）……あっ！　ちょ……、どうしたんですか？　このお金！」

「ハイ！　（両手に抱いた札束を示し）これを使ってください。地域活性化のために！　『明治維新ランド』をこれで作ってください」

「ウワァー！　こんな札束、生まれて初めて持ちましたよ、こんなにたくさん。ありがとうございます！」

「出来立てですから……」（爆笑）

「……出来立て？」（笑）

「ああ、いや、何でもないです」

「ありがとうございます！　……あ、まだ名前を伺ってなかったです。あなたは？」

「はい、キツネです」

「キ、キツネ？」

「ああ、いや、いや、キ、ツネ、キ、ツネ、……ツネキ。常木と申します」

「あっ、常木さんですか？」

「はい、常木昆次郎《こんじろう》といいます」

「昆次郎さんですね？　一緒に、『明治維新ランド』を作りましょう！」

　2人は意気投合しまして、さぁ、萩の街に下りてまいりまして、不動産屋、建設業者、人材派遣の会社に話をすると、突貫工事で、あっという間にこのランドの建設がスタートしまして……。

　さぁ、2人は陣頭指揮をとりまして、

「（手で指示しながら）あー、そこね！　池にしたいと思っていますから、はい。ですから、こう、もう、削っちゃってください。軍艦をね、浮かべますからね。もう、ねぇ、『四国艦隊下関砲撃』のアトラクションが出来ますからねぇ。もう、楽しみに皆さん……、あれ、何だ？　あっちのほうで、凄い人だかりがしてて、……昆次郎さん！　何ですか、あんなところに人だかりが……」

「ああ、柵の外でもって、皆、何か騒いでますね」

「アッハッハッハ、オープンを待ちきれないってんで、たくさんの人が詰めかけているんじゃないですか？」

　なんとなくそんな呑気な感じじゃなくて、よく見ると、殺気立った連中ばかりで、

「オイ！　どうなってるんだ?! 手付金が葉っぱになっているじゃないか！　金返せ！　何なんだ、これは!?」

「あれ、昆次郎さん、何か様子がおかしいよ、あれ。何だろうね？」

「旦那、逃げましょう！」

2人は車に乗って、ブゥーンと、

「(車を運転しながら) 昆次郎さん、あの連中、何なんですか、一体？　葉っぱがどうのこうのって……」

「(うわの空) ……ふぅ〜ん、なんでしょうねぇ」(笑)

「追ってきますか？」

「えっ、……あーあ、来ますね、ええ。皆、車でもって追っかけて来ますよ。ちょっと、脇道へそれましょう」

「(ハンドル操作) キイイー」

脇道へ入って行く。細い道をうねうねうねうね行っている内に、訳の分からない道を通ると、景色が段々変わってきて、

「昆次郎さん、何か草原みたいなとこに出ましたねぇ」

「ああ、何か白いものがいっぱい点々と……」

「ですねぇ、何でしょうかねぇ？　羊ですかねぇ」

「いや、羊じゃなくて、あれ、岩ですよ」

「岩？」

ドン！　突然一つの岩に車がぶつかって止まってしまう。2人は車から抜け出て振り向くと、車でもって追っ手が近づいて来る。

「昆次郎さん、走って逃げましょう！」

　駆け出した途端に、ツッと二人の姿が消えた。

「（気を失っていた。気づく）……あれ、……あら、ここはどこだ？　真っ暗で、なにも見えない。イテテテ、腰が痛い。あぁ～、あれ？　どうなったんだ、一体？　ああ、そうだ、車から降りて、逃げようと思ったんだ。突然地べたがなくなったんだよ。（上を向く）………ああ、あそこ、小っちゃな穴がある。あそこから、ここまで落ちたんだ。（暗闇の中で、身体のあちこちを触り）幸い骨は折ってないみたいだ。ああ、腰が痛くて歩けないな。昆次郎さんはどうしたんだ？　昆次郎さん？　昆次郎さん？」

「あ、その声は、旦那ですか？」

「ああ、よかった、無事かい？　あのね、暗くて何にも見えないんだけど、無事だね？」

「はい、大丈夫です、私は、ええ。こんな深い落とし穴、誰が掘ったんでしょうね？」

「いや、いや、これは落とし穴じゃない。今、わたしも気がついたんだけど、ここは秋吉台《あきよしだい》だ」

「秋吉台？」

「ああ、小学生のときにね、社会科見学で来た。なんかね、羊みたいな白い岩がいっぱいあるカルスト台地っていうんだよ、ここは。で、ドリーネという穴が幾つも空いてて、どうも、その一つに落ちたらしい」

「えっ、なんで穴が空いているんですか？」

「雨水でね、石灰岩が溶かされて、こう、それで、穴が空くんだよ。何百年、何千年かけて、こういう穴が出来て、何万年もかかると鍾乳洞が出来る。『秋芳洞《あきよしどう》』ってのが」

「凄いですねぇ。小学生のとき聞いた話、そんな覚えているもんですか？」

「うん……、あ、もう一つ思い出したことがある」

「なんですか？」

「……これは話したくない。聞かないほうがいい」

「いいじゃないですか。そこまで言ったら気になりますから、教えてくださいよ」

「……うん、……じゃぁ、分かった。じゃぁ、話す。そのドリーネに落っこったね、動物たちが逃げ出せなくて、白骨化されてたくさん発見されたそうだ」

「えっ！　じゃぁ、ここで死んじゃうんですか！」

「おお、落ち着け、落ち着け。オレたちは動物じゃないだろ？　人間なんだから、大丈夫だ。知恵を使えばね、こんなところで死んだりなんかするもんか。え〜とね、まず、どうする？　え〜、(膝を打つ)あっ、灯り、灯り、(ポケットをまさぐり)ケータイがあった、ケータイが。スマホの灯り、(点ける)うわぁ、眩しい。こんなに眩しいものなんだなぁ……。……だんだん目が慣れてきた。ああ、分かってきたぞ、この中が。ああ、石灰岩で出来た壁だ。これなら上まで登れるかも知れないな。昆次郎くん、どう思う？」

「そうですね、これだったら、大丈夫かも知れません」

「（口をあんぐり開けて）あぁ～、（指をさし）あぁ～！」（笑）

「旦那、どうしたんですか？」

「……かっ、キッ、キ、キツネが喋ってる！」

さぁ、穴に落っこちたショックで化けるのを忘れて、そのまんまですから、

「ああ、お、お前、キツネだったのか！　だからお札が葉っぱだって、皆が騒いで……」

「ちょ、ちょっと、落ち着いてください、これね。しょうがないんです、私も悪気があってやったんじゃないんです。私だってね、ランドを楽しみにしてね、街の活性化に繋がれば……」（笑）

「何を言ってんだ？　こいつ！」

「怒んない、怒んないでくださいよ。ねぇー。私のひいひいお祖父さんだってね、松下村塾の動物の部でもって学んだんですよ（爆笑）、本当に」（爆笑）

「そんなもの、信じられるか！　お前、どうしてやるか！　お前のせいだ！」

「や、止めてください！　コーン！」

キツネは飛び上がると、このスマホの灯りをたよりに、壁をつたって、トトトトトトっと、表へ。

「（スマホを上に向けたまま）あ、あ、あ、……逃げやがった、アイツ！　チクショー！　オイ、待て！　キツネ！　昆次郎！　手前《てめぇ》！　このヤロウ、本当にもう。……はぁ、キツネに騙された、オレは。こんな穴の中に残されて、もう、（怒りのあまりスマホを叩きつけようとして、思いとどまり、スマホの画面を見て）

……電波が1本立ってる。凄いな、こんな深い穴の中でも、電波が来てるんだな。よし、警察に電話しよう。……いや、警察はマズイな。上じゃ今、あの葉っぱのお札で、オレは町の人を騙したってことになっているもんな。絶対にダメだ。警察は無理だ。

『だってお巡りさんね、ワタシが悪いんじゃないんですよ。キツネに化かされたんです』

信じないよ（笑）。

『そのキツネのね、ひいひい祖父さんは松下村塾で学んだんですよ、動物の部で』

バカバカしい（爆笑）。ありえない、こんな話。……ミサコだ。ミサコ、頼む。（電話をかける）発信中。……ダメ！（スマホの発信を中止して）アイツと大喧嘩してここへ来たんだもんな。そうだよ、もう、離婚寸前なんだから……。それで、久しぶりに電話して、

『え、何？』

『その、キツネに化かされちゃったから、助けて……』

なんて、そんな。取り合ってくれない。こういうのが通じるのは、仲のいいときだけなんだ。ダメだ、自力で何とかしよう。（スマホを懐中電灯代わりに壁に向け）登ろう、よし！（ボルダリングをはじめる）スマホを持ちながらは、ダメだ。ここに置いて（下に置く）、ヨイショ、ヨイショ、……イケるね。（下を見て）あのスマホ、誰が持って来るのか？（爆笑）（降りて再び携帯を回収）……よし、いけるな。（スマホを置く場所を手探りで探す）よし、ここ、上に上がれる。これで、イイ。これで、イイ。（ボルダリング）よし、ちょっとまた上に置いて、こうやって上まで登れば……、ああっ！（スマホが転がり落ちる）

カランカランカラン

「あ〜あ（爆笑）。（また降りる）う〜ん」（爆笑）

こんなことを繰り返しているうちに、すっかり体力がなくなって、男は気を失うように、そこで寝てしまった。

「……（目をこすり）寝ちゃった……。真っ暗だ。どのくらい時間が経ったのかも分からない。（携帯を捜す）もう、イイ、ミサコに電話しよう。もう、しょうがない。（スマホの画面を見つめ）……灯りが、薄くなって……、えっ！　嘘！　いけねぇ！　スマホはバッテリーの寿命が短いという常識を忘れていた（爆笑）。ちょっと、110番！　あ〜あ〜。（必死にスマホの操作）……消えた……。チクショウ！　女房がいけねぇ！　一緒に来てくれれば、こんなことにはならなかった。キツネもそうだ！　キツネもアイツ！　騙しやがって、勝手に抜け出して！　萩の街の人たちもそうだ！　地元を活性化しようってんだから、手伝ってくれてもいいじゃないか！　チクショウ！　皆して、もう、皆、バカヤロウだぁぁぁ〜！」

叫んでみても、、声は穴の中に響くだけ。

「（悔し泣き）ううう、……ううう。はぁー、あぁぁ」

泣きながらまた寝てしまって、

「（目覚める）……どのくらい経ったんだろう？（スマホを見る）ああ、電源切れてる。時間も分からない。何時間経ったんだ？　何日か？　何年はないと思うけど、もう分からない。お腹が空いたのも、通り越したし、意識も朦朧としてきた。

……どこかで、声が聞こえる。『おーい、おーい……』って……、幻聴っていうんだな、これは。『今、迎えにいくぞー』って。これが、お迎えか（爆笑）。『あなた～、大丈夫～？　あなたぁ、しっかり！』って……、あなた？　まるで、ミサコ……（上を見上げて）穴の出口で手を降ってる！　あ！　オーイ、ここだぁ！」

やがて男は、レスキュー隊に救い出されまして、

「あなた！　ごめんなさいね、ほんとにね。『1人でやれば』って突き放すようなことを言って、違うのよね。男のロマンなんでしょう？　ね？　もう、本当に悪かった。街のために一所懸命やったのよね？気がつかなくて、ごめんなさい……」

「いいんだよ、ミサコ。オレも、つい熱くなって勝手なことを言って悪かったなと思ってんだ。だけど、お前、よく、この穴だって分かったな？」

「とにかく何度も電話したのよ。『この電話は、電波の入らないところか、電源が入っていないためかかりません』って、もう、何百回聞いたか分からない。かけ続けたの。でもね、その前によ、1回電話くれたでしょう？　着信の履歴があったじゃない。発信局を調べてもらったのよ。そうしたら、秋吉台にいるっていうことは分かって、急いでやって来たんだけど、穴がいっぱいあってどこにいるか分からないじゃない。そうしたらね、1匹のキツネが現れてね、『こっちだよ、コンコン』って、言ってくれて、みんなを連れて来てくれたの」

「……昆次郎が……、そうか。ん？　みんなって誰？」

「萩の街の人たち」

「ちょっ、オレ、逃げなきゃ！」

「大丈夫。みんなもね、『街のためにやったことだから許す』って、そう言っているから」

「はぁ～、そうか……。ミサコ、昆次郎も、萩の人たちも、親切だなぁ……。そこへいくと、オレはダメだ。みんなのことを罵って、バカヤロウなんて言っちまって、恥ずかしいよ。オレは、今のオレは……」

「なあに？」

「穴があったら入りたい」

あとがき　まさか通るとは思わなかった企画

まえがきに柳家花緑さんが書いているように、当初は「ロングライフというテーマで新作落語を一本書いてください」という依頼だったのです。

が、私は企画をオオゴトにするのが好きなタイプ。ナガオカケンメイさんに初めてお会いした時、「どうせなら、47都道府県全部に一本ずつ新作落語を作るのはどうです?」と提案しました。

1で投げたものがいきなり47で返ってきたわけですから、先方は面食らったと思います。でもケンメイさんの反応は、

「いいですね。やりましょう!」

まさか通るとは思っていなかったので、逆にこっちの方が面食らってしまった。

「え!　いいんですか?」

「だって、こっちからの依頼より、青銅さんの提案の方が面白い」

即決できるのが凄いところ。かくしてその場で、

「演るのは花緑さん、あなたですよ」

となり、最終的に花緑さんが面食らうわけです。すべてが、わずか数分で決まりました。

実は私にはヒソカに考えがありました。

むかし、永六輔・いずみたく・デューク・エイセスによる「にほんのうた」シリーズという企画があった

のです（1965～70年）。47都道府県の新しいご当地ソングを作るという企画。ここで生まれ、現在もよく知られている歌は、『いい湯だな（群馬県）』『女ひとり（京都府）』『筑波山麓合唱団（茨城県）』など。

現在この企画は忘れられても、これらの歌は単純にいい曲として聞かれ、歌われています。つまり全52曲（北海道と東京は複数ある）も作れば、のちの世に残る曲が3～4曲は生まれるということ。

これと同じく、47都道県にご当地落語を作れば、のちの世に残る噺が3～4作は生まれるのではないか……と考えたのです。これが、最初にケンメイさんからあった「ロングライフ」というテーマへの、私なりの答えなのでした。

この本をお読みになればわかるように、あちこちに古典落語のタイトルや、有名なフレーズをちょこちょこと忍ばせています。

落語界では、他の噺から有名なくすぐり（ギャグ）を持ってくることを「つかみ込み」といって、原則やってはいけないこととされているようです。しかしそれは時と場合によりけり。

この47都道府県落語は、落語通のための会ではありません。途中にチラっと出てくる古典落語ネタを聞いて、意味はわからなくても「なんかそういう落語があるんだろうな」と思ってくれるだけでいい。そこから興味を持って、「今度その落語を聞いてみよう」と思ってくれれば、もっと嬉しい。

もちろん、落語をよく知っている方が聞いたら「おお、そこにそのネタを持ってきたか」と元ネタがわかってニヤニヤするでしょう。

こうした多重構造を楽しめるのがパロディや引用の面白さなので、一概に「つかみ込みはダメ」ということではないと思っています。

花緑さんも喋っているように、ここにある落語はすべて洋服で椅子に座って演じています。現代の噺をするんだからその方が自然だろう、という考え。

お客さんは最初こそ洋服に違和感があるようですけど、ものの一、二分で慣れ、なんとも思わなくなります。

今この本を読んでいるあなただってそうでしょう？　文字になってしまえば、落語家が着物だろうと洋服だろうと（なんならパンツ一丁だろうと）関係ないわけです。

もちろんそれはお客さんに想像してもらうための喋り方、演じ分け、描写などのテクニックが必要なわけで、それこそが「落語」なのかもしれません。

ところで、この企画が２０１２年に『パテ久』で始まった時、「年に三作程度やるとして、十三年で完結します」と言われ、「ずいぶん先の話だなあ……」と呆れていました。

が、ペースがしだいに落ち、途中新型コロナ騒動で何もできなくなったりして、十二年経った現在でも、「あと十三年」と言われています。

「どういうこと？」

どうやら企画の重力で時空がゆがみ、時間が経過しない落語空間に迷い込んだようです。それもまたロングライフということかな、とも思っています。

藤井青銅

柳家花緑　都道府県落語　自薦集

2024年9月5日　初版第一刷発行

著者　藤井青銅
口演・脚色・自薦　柳家花緑
構成　十郎ザエモン

カバーデザイン・組版　ニシヤマツヨシ
校閲校正　丸山真保
協力　ミーアンドハーコーポレーション
D&DEPARTMENT PROJECT

編集人／加藤威史

発行所／株式会社竹書房
〒102-0075 東京都千代田区三番町 8-1 三番町東急ビル 6F
e-mail : info@takeshobo.co.jp
https://www.takeshobo.co.jp

印刷・製本／中央精版印刷株式会社